Heibonsha Library

狐媚記

ホラー・ドラコニア 少女小説集成

澁澤龍彥著

平凡社

本書は、二〇〇四年三月、平凡社より刊行された。

ホラー・ドラコニア

少女小説集成

狐媚記

澁澤龍彦＝著　鴻池朋子＝絵

平凡社

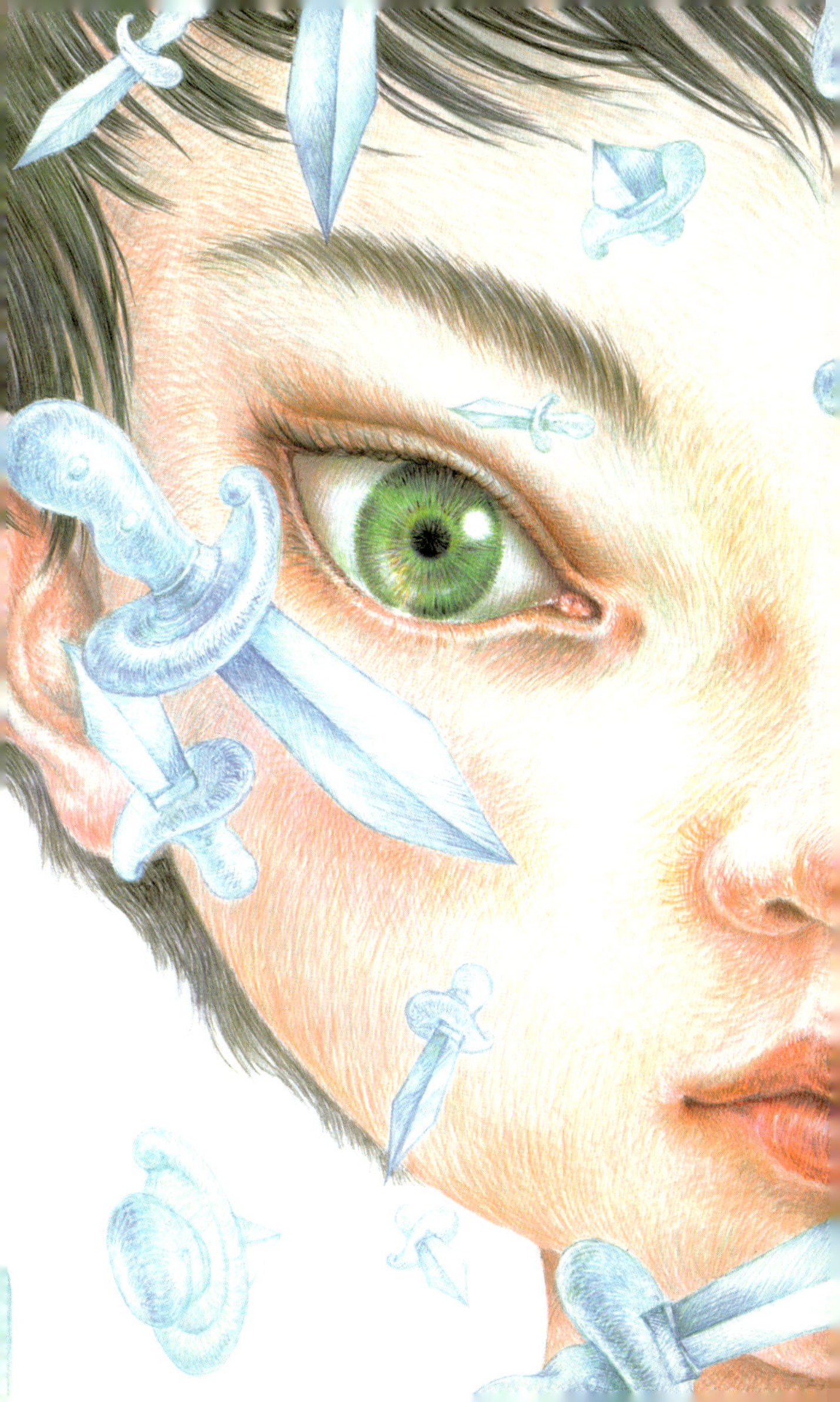

「狐媚記」は「文藝」(河出書房新社)1982年8月号に
連載書下ろし小説の第2作として発表され、
翌1983年11月、同出版社より刊行された
小説集『ねむり姫』(現在河出文庫)に収められた。
挿絵は「ホラー・ドラコニア」のための描き下ろしである。
*
「存在の不安」は、週刊「潮流ジャーナル」(1967年6月4日号)に
連載エッセイの第5回として発表、同年12月、桃源社より刊行の
単行本『エロティシズム』(現在中公文庫)に収録された。

c o n t e n t s

【目次】

【表紙絵・挿絵】
鴻池朋子

狐《こ》媚《び》記《き》

北《きた》の方《かた》が狐《きつね》の子《こ》を産《う》みおとしてしまったという事実《じじつ》の知《し》れわたったとき、左少将《さしょうしょう》の屋敷内《やしきない》のものはことごとく茫然自失《ぼうぜんじしつ》して、発《はっ》すべきことばもなかった。それはそうだろう、出産《しゅっさん》はめでたいものと相場《そうば》がきまっているのに、これではだれだって、なんと挨拶《あいさつ》してよいか分《わか》らぬではないか。女房《にょうぼう》たちはみな目《め》を伏《ふ》せて、廊下《ろうか》をあるくにも音《おと》のせぬように気《き》をつかい、ことにも産婦《さんぷ》の臥《ふ》せっている寝所《しんじょ》にはできるだけ近《ちか》づかないで済《す》ませようとした。もしも北《きた》の方《かた》と顔《かお》を合《あ》わせたら、そのときはなんと祝辞《しゅくじ》を述《の》べればよいのだろうか、彼女《かのじょ》たちにはさっぱり見当《けんとう》がつかなかったからである。赤《あか》んぼを取《と》りあげた老女《ろうじょ》は、まるで自分《じぶん》の責任《せきにん》ででもあるかのように周章狼狽《しゅうしょうろうばい》して、身《み》の置《お》きどころもなくきりきり舞《ま》いしているうち、とるものもとりあえず、夜《よる》にまぎれて裏門《うらもん》から逐電《ちくでん》してしまった。とても左少将《さしょうしょう》の前《まえ》にまかり出《で》る勇気《ゆうき》はなかったからであろう。

北《きた》の方《かた》はといえば、みずからの胎内《たいない》からひり出《だ》された異様《いよう》に毛《け》むくじゃらの小動物《しょうどうぶつ》を目《め》にしたとたん、弱々《よわよわ》しい叫《さけ》びをあげて、その場《ば》に気《き》を失《うしな》ってしまった。

正気《しょうき》をとりもどしたとき、床《とこ》のなかに横《よこ》たわっている北《きた》の方《かた》のつい目《め》の前《まえ》には、眉根《まゆね》を寄《よ》せて彼女《かのじょ》の顔《かお》をのぞきこんでいる夫《おっと》、左少将《さしょうしょう》の

顔《かお》があった。きびしい顔《かお》であった。千軍万馬《せんぐんばんば》の間《かん》にあって敵《てき》と渡《わた》り合《あ》っているときにも、よもやこれほどきびしい顔《かお》はしていまいと思《おも》われるばかりのきびしい顔《かお》であったから、その怒《いか》りに燃《も》えた眼光《がんこう》に堪《た》えられず、北《きた》の方《かた》は思《おも》わず目《め》をつぶった。目《め》をつぶると、またしても穴《あな》に吸《す》いこまれるように意識《いしき》が薄《うす》れかけてくるのを、今度《こんど》は必死《ひっし》で堪《た》えた。沈黙《ちんもく》はどれくらいつづいたろうか。やがて夫《おっと》の声《こえ》が上《うえ》のほうから落《お》ちてきて、耳《みみ》を打《う》った。いや、耳《みみ》を打《う》ったどころではない。辛辣《しんらつ》なことばで、彼女《かのじょ》の耳《みみ》はするどく突《つ》き刺《さ》される思《おも》いがした。

「奥《おく》よ、えらい手柄《てがら》を立《た》ててくれたものじゃな。古《ふる》く村上源氏《むらかみげんじ》の流《なが》れをひくわが赤松《あかまつ》の家系《かけい》には、始祖以来《しそいらい》まだ一度《いちど》として、けだものが生《う》まれたというためしはなかったものじゃ。とんだ恥《はじ》さらしじゃ。ひょっとすると、そなたは今年《ことし》の初午《はつうま》に伏見《ふしみ》の稲荷《いなり》へ詣《もう》でたとき、しっぽの長《なが》い妖物《ようぶつ》にでも魅入《みい》られたのではないかな。そして自分《じぶん》では気《き》がつかずに間違《まちが》いを犯《おか》したのではないかな。」

そこまでいうと、いつのまにあらわれたのか、かたわらに控《ひか》える験者覚念房《げんじゃかくねんぼう》をかえりみて、

「どうじゃ、その方《ほう》の意見《いけん》は。かまわぬから忌憚《きたん》なく申《もう》してみよ。」

覚念房《かくねんぼう》は待《ま》っていたように膝《ひざ》をすすめると、北《きた》の方《かた》の耳《みみ》にもよく聞《きこ》えるように、一語《いちご》一語《いちご》をはっきりさせながら、

「古今《ここん》の例《れい》に照《て》らしてみまするに、さような不思議《ふしぎ》はかならずしもありえないとは申《もう》されませぬ。これは唐国《からくに》の、しかも遠《とお》い遠《とお》いむかしの話《はなし》ですが、例《れい》の幽王《ゆうおう》の寵妃《ちょうき》たる褒姒《ほうじ》は、男《おとこ》と通《つう》じたわけでもないひと

りの宮女《きゅうじょ》から生《う》まれたと申《もう》します。それというのも、この宮女《きゅうじょ》はみずから気《き》がつかぬうちに、後宮《こうきゅう》にしのびこんだ一匹《いっぴき》のすっぽんと交《まじ》わって、孕《はら》ませられていたからです。もとをただせば、そもそも夏王朝《かおうちょう》の衰《おとろ》えかけたころ、二頭《にとう》の神龍《じんりゅう》が宮廷《きゅうてい》の庭《にわ》で口《くち》から泡《あわ》を吹《ふ》きました。その泡《あわ》は箱《はこ》におさめられ、殷朝《いんちょう》をへて周朝《しゅうちょう》へと伝《つた》えられました。そして周《しゅう》の十代《じゅうだい》厲王《れいおう》のとき、その箱《はこ》をひらいたところ、泡《あわ》が流《なが》れ出《だ》してすっぽんと化《か》したのでした。すなわち、すっぽんと申《もう》しましても、これはもとよりただのすっぽんではございませぬ。」

「したが、稲荷山《いなりやま》にはすっぽんはおるまい。それに褒姒《ほうじ》は狐《きつね》のすがたをして生《う》まれてきたのではあるまい。肝心《かんじん》なのは、いかにして女《おんな》から狐《きつね》の赤《あか》んぼが生《う》まれるかということだったはずじゃ。」

左少将《さしょうしょう》がにがにがしげにいうのに、覚念房《かくねんぼう》はつるりと顔《かお》をなでて、

「さ、そこですが、唐国《からくに》でも本朝《ほんちょう》でも、狐《きつね》はもっぱら女《おんな》に化《ば》けますから、男《おとこ》に化《ば》けて女《おんな》を姦《おか》したという狐《きつね》の例《れい》はごく少数《しょうすう》しか見《み》つかりませぬ。それでも、決《けっ》して見《み》つからないというわけではない。たとえば『捜神後記《そうじんこうき》』に、こんなのがございます。呉郡《ごぐん》の顧旃《こせん》猟《かり》して一岡《いっこう》にいたれば、たちまち人語《じんご》の声《こえ》を聞《き》く。いわく、咄々今年衰《とつとつこんねんおとろ》えたる。すなわち衆《しゅう》と尋覓《じんべき》するに、岡頂《こうちょう》に一穽《いっせい》あり。これ古時《こじ》の塚《つか》、一老狐《いちろうこ》の塚中《ちょうちゅう》にうずくまるを見《み》る。前《まえ》に一巻《いっかん》の簿書《ぼしょ》あり、老狐書《ろうこしょ》に向《むか》い指《ゆび》を屈《くっ》して計《けい》校《こう》するところあり。すなわち犬《いぬ》をはなちて噛《か》みてこれを殺《ころ》さしむ。取《と》りて簿《ぼ》書《しょ》を見《み》ればことごとくこれ人女《じんじょ》を姦《かん》するの名《な》、すでに姦《かん》を経《へ》たるものは朱《しゅ》をもって鉤頭《こうとう》し、疏《そ》するところの名百数《なひゃくすう》あり。旃《せん》の女《むすめ》まさ

しく簿次《ぼじ》に在《あ》り、と。つまり、油断《ゆだん》をしていれば自分《じぶん》の娘《むすめ》だって、いつ狐《きつね》に姦《おか》されるか分《わか》ったものではない、というわけでございますな。」

「したが、その狐《きつね》はどんなすがたになって女《おんな》を姦《おか》したのかな。そして女《おんな》は姦《おか》されながら、それが狐《きつね》だということに気《き》づいていたのかな。」

「さあて、そこまでは本《ほん》に書《か》いてありませぬゆえ、わたくしにも即答《そくとう》いたしかねますが、それとは別《べつ》の伝承《でんしょう》によりまするど……」

二人《ふたり》はいつか、かたわらに北《きた》の方《かた》が息《いき》をつめて寝《ね》ているのもすっかり忘《わす》れたかのように、女《おんな》を姦《おか》す狐《きつね》をめぐっての、埒《らち》もないスコラ的《てき》な論議《ろんぎ》に熱中《ねっちゅう》しはじめていた。

ここでちょっと説明《せつめい》しておくと、それより五年前《ごねんまえ》に、北《きた》の方《かた》は玉《たま》のように美《うつく》しい男《おとこ》の子《こ》をひとり産《う》んでいたのである。北《きた》の方《かた》はその名《な》を月子《つきこ》といって、世《よ》が世《よ》ならば女院《にょいん》とも御息所《みやすどころ》ともなったであろう公卿《くぎょう》の名流《めいりゅう》に属《ぞく》していたのに、やたらに血《ち》なまぐさい戦乱《せんらん》の時代《じだい》に生《う》まれ合《あ》わせたばかりに、みるみる家運《かうん》おとろえ零落《れいらく》して、やむなく武家《ぶけ》に嫁入《よめい》ってきたという境遇《きょうぐう》のひとであった。それでも左少将《さしょうしょう》のような、将来《しょうらい》の栄達《えいたつ》を約束《やくそく》された有力《ゆうりょく》な守護《しゅご》大名《だいみょう》の一族《いちぞく》を夫《おっと》とすることができたのは、ひとえに彼女《かのじょ》の水《みず》ぎわ立《だ》った美貌《びぼう》のたまものであったろう。左少将《さしょうしょう》も、彼女《かのじょ》とならんで少《すこ》しも見劣《みおと》りしない、いかにも乱世《らんせい》に頭角《とうかく》をあらわすにふさわしい偉丈夫《いじょうふ》で、当時《とうじ》の在京《ざいきょう》の武家《ぶけ》がひとしく公卿《くぎょう》の感化《かんか》を受《う》けて柔弱化《にゅうじゃくか》していることを思《おも》えば、めずらしく男性的《だんせいてき》な魅《み》力《りょく》にも欠《か》けていない男《おとこ》であった。したがって、このカップルから生《う》まれた男《おとこ》の子《こ》も、まれにみる可憐児《かれんじ》であった。男《おとこ》の子《こ》はその名《な》を星丸《ほしまる》といった。

この五歳《ごさい》になる跡《あと》つぎの星丸《ほしまる》を、父《ちち》の左少将《さしょうしょう》は掌中《しょうちゅう》の珠《たま》のごとくにいつくしんでいた。もしこの星丸《ほしまる》がさきに生《う》まれていなくて、いきなりぶっつけに北《きた》の方《かた》が狐《きつね》の子《こ》を産《う》んでいたのだとしたら、父《ちち》の落胆《らくたん》ぶりはもっともっと大《おお》きかったろうと想像《そうぞう》される。

かつて長男《ちょうなん》が生《う》まれたとき、左少将《さしょうしょう》は産褥《さんじょく》にある妻《つま》の前《まえ》でだらしなく相好《そうごう》をくずして、「お手柄《てがら》、お手柄《てがら》」と連呼《れんこ》したものであった。このたび、狐《きつね》の子《こ》を産《う》んで気《き》を失《うしな》った妻《つま》の顔《かお》をのぞきこんで、「えらい手《て》柄《がら》を立《た》ててくれたものじゃな」と精《せい》いっぱいの皮肉《ひにく》をいったのは、この五年前《ごねんまえ》の記憶《きおく》がまざまざと心《こころ》によみがえったからであろう。よみがえるとともに、怒《いか》りも一層《いっそう》はげしくむらむらと燃《も》えあがった。だれに向《む》けてよいか分《わか》らないこの怒《いか》りは、どうしても妻《つま》と、妻《つま》の産《う》みおとした狐《きつね》の子《こ》に向《む》けられるというかたちになった。

「よいか。奥《おく》が産《う》んだ化《ば》けものは、二《ふた》つの石《いし》のあいだで頭《あたま》の骨《ほね》をたたき割《わ》って、死骸《しがい》は土《つち》のなかに埋《う》めてしまうのじゃ。ゆめ生《い》きのびさせてはならぬぞ。」

近習《きんじゅ》のものに向《むか》って、左少将《さしょうしょう》はこう厳命《げんめい》した。このおそろしい死刑《しけい》宣告《せんこく》は、ただちに北《きた》の方《かた》にも伝《つた》えられた。彼女《かのじょ》は床《とこ》のなかで仰向《あおむ》いたまま、うつろな心《こころ》でそれを聞《き》いた。

実際《じっさい》、北《きた》の方《かた》はめちゃめちゃに傷《きず》つけられた心《こころ》を、どう整理《せいり》しようにも整理《せいり》しようがないような状態《じょうたい》にあった。生《う》まれたばかりのわが子《こ》が殺《ころ》されるというのに、涙《なみだ》は少《すこ》しも湧《わ》かなかったし、悲《かな》しい気持《きもち》にもならなかった。狐《きつね》の子《こ》といえども、自分《じぶん》の胎内《たいない》から出《で》た以上《いじょう》は自分《じぶん》の子《こ》であろう。それは理窟《りくつ》で分《わか》っていても、あの毛《け》むくじゃらの小動物《しょうどうぶつ》が自分《じぶん》の血《ち》を分《わ》けた子《こ》だとは、とても思《おも》えなかった。それに、彼女《かのじょ》は自分《じぶん》が夫《おっと》から疑《うたが》われていることを知《し》っていた。あろうことか、夫《おっと》は自《じ》分《ぶん》が狐《きつね》によって孕《はら》ませられたのではないかと勘《かん》ぐっているのである。しっぽの長《なが》い妖物《ようぶつ》に魅入《みい》られたのではないかと疑《うたが》っているのである。無《む》実《じつ》の嫌疑《けんぎ》をかけられるのは、もとより彼女《かのじょ》にとってつらかったが、無《む》意識裡《いしきり》にもせよ、自分《じぶん》がけだものを相手《あいて》にたわけたのではないかと思《おも》われることのほうが、むしろ彼女《かのじょ》にとってはもっとやり切《き》れなかっただろう。それは彼女《かのじょ》の誇《ほこ》りをふかく傷《きず》つけたからだ。そんなこんなで、北《きた》の方《かた》の心《こころ》はずたずたに引《ひ》き裂《さ》かれていた。

その夜《よる》。

北《きた》の方《かた》は長《なが》いこと輾転反側《てんてんはんそく》していたが、あけがた近《ちか》くなって、ようやく浅《あさ》い眠《ねむ》りに落《お》ちた。ふっと目《め》がさめると、弱々《よわよわ》しい赤《あか》んぼの泣《な》き声《ごえ》を聞《き》いたように思《おも》った。泣《な》き声《ごえ》は隣《とな》りの部屋《へや》から聞《きこ》えてくるようである。なお耳《みみ》をすますと、老女《ろうじょ》の口《くち》ずさむ子守唄《こもりうた》のような節《ふし》までが聞《きこ》えてくる。漠然《ばくぜん》とした予感《よかん》に胸《むね》を締《し》めつけられるような気《き》がして、産褥《じょく》の身《み》であったにもかかわらず、彼女《かのじょ》は力《ちから》をふりしぼって、這《は》うようにして床《とこ》から立《た》ちあがった。廊下《ろうか》に出《で》た。

遣戸《やりど》をひくと、そこは局《つぼね》のひとつで、深夜《しんや》というのに燈台《とうだい》があかあかと燃《も》え、髪《かみ》を垂《た》らした女房《にょうぼう》たちが五六人《ごろくにん》、いかにも眠《ねむ》そうな顔《かお》をして、輪《わ》になってすわっていた。なかにひとり、白髪《はくはつ》の老女《ろうじょ》がいて、新《あたら》

しい産衣《うぶぎ》をきた赤《あか》んぼを大事《だいじ》そうに抱《だ》いている。だれが縫《ぬ》ったのか、白繻子《しろじゅす》に銀箔《ぎんぱく》の宝《たから》づくしをあしらって紅《もみ》の衿《えり》をつけた、たいそう派手《はで》派手《はで》しい産衣《うぶぎ》である。産衣《うぶぎ》のなかの赤《あか》んぼは小《ちい》さな狐《きつね》だ。口先《くちさき》をとがらせ、まるい目《め》をきょろきょろさせている。赤《あか》んぼでもさすがに狐《きつね》で、産衣《うぶぎ》の裾《すそ》からは、すでに茶筅《ちゃせん》ほどもふとい黄金色《こがねいろ》のしっぽをだらりと垂《た》らしている。

狐《きつね》の子《こ》を抱《だ》いた老女《ろうじょ》はしずかにからだを前後《ぜんご》に揺《ゆ》すぶりながら、おかしな節《ふし》まわしで、聞《き》いたこともない子守唄《こもりうた》の一節《いっせつ》をうたっている。

こうこうよ　くわいくわいよ
船岡山《ふなおかやま》の狐《きつね》の子《こ》

鳴《な》くと犬《いぬ》にかまれるぞ
鳴《な》かずに寝《ね》たらば　なにやろか
油《あぶら》で揚《あ》げた鼠《ねずみ》の子《こ》

こうこうよ　くわいくわいよ

おかしいな、狐《きつね》の子《こ》はたしか夫《おっと》の命令《めいれい》で殺《ころ》され、土中《どちゅう》に埋《う》められたはずなのに、と北《きた》の方《かた》は思《おも》った。そう思《おも》いながら、夢《ゆめ》でもみているように眼前《がんぜん》の光景《こうけい》を眺《なが》めていた。よく見《み》ると、無患子《むくろじ》の実《み》のような小狐《こぎつね》の二《ふた》つの目《め》には、涙《なみだ》がいっぱいに張《は》りつめている。その小狐《こぎつね》の目《め》と自分《じぶん》の目《め》とが、空間《くうかん》の或《あ》る一点《いってん》でぶつかり合《あ》ったような気《き》がした。そのとたん、電撃《でんげき》のような恐怖《きょうふ》が全身《ぜんしん》をはしりぬけ、北《きた》の方《かた》は魂《たま》消《げ》る悲鳴《ひめい》とともに、そこに昏倒《こんとう》してしまった。

なにごとならんと女房《にようぼう》たちが駆《か》けつけたとき、幻影《げんえい》はすでに消《き》えていた。左少将《さしようしよう》の命令《めいれい》は忠実《ちゆうじつ》に実行《じつこう》されていたので、小狐《こぎつね》はすでにこの地上《ちじよう》にいるはずもなく、それが幻影《げんえい》であることはあまりにも明《あき》らかだった。

こうして十日《とおか》がすぎ二十日《はつか》がすぎたが、北《きた》の方《かた》は産後《さんご》の肥立《ひだち》すこぶるわるく、もう完全《かんぜん》には床《とこ》をはなれることができなくなっていた。一日《いちにち》じゅう、薄暗《うすぐら》い部屋《へや》のなかで寝《ね》たり起《お》きたりして、うつらうつらと物思《ものおも》いにふけっている半病人《はんびようにん》のような日常《にちじよう》は、以前《いぜん》には考《かんが》えられない生活《せいかつ》の変化《へんか》だった。なにか目《め》に見《み》えないものが自分《じぶん》のまわりに始終《しじゆう》つきまとっているような気《き》がして、いつからか彼女《かのじよ》は部屋《へや》にひとりでいることに堪《た》えられなくなっていた。そこで夜《よる》も燈台《とうだい》の火《ひ》をたやさず、女房《にょうぼう》たちを交代《こうたい》で部屋《へや》に詰《つ》めさせた。女房《にょうぼう》たちは女房《にょうぼう》たちで、女主人《おんなしゅじん》のおびえている幻影《げんえい》に自分《じぶん》たちも知《し》らず識《し》らず侵犯《しんぱん》され影響《えいきょう》されてくるのを感《かん》じるらしく、この部屋《へや》詰《づ》めの役《やく》をみな極端《きょくたん》におそれた。

たとえば、こんなことがよくあった。こめかみに汗《あせ》をびっしょり浮《う》かべて、昼夜《ちゅうや》のわかちなく、北《きた》の方《かた》が突然《とつぜん》、物《もの》におびえたような叫《さけ》びをあげる。すると、一羽《いちわ》の鶏《にわとり》につられて多《おお》くの鶏《にわとり》が次々《つぎつぎ》に鳴《な》き出《だ》すように、女房《にょうぼう》たちの悲鳴《ひめい》がこれにつづくのである。あたかも屋敷《やしき》のなかに女《おんな》どもをおびやかす目《め》に見《み》えない生《い》きものが棲《す》みついていて、それが時《とき》に応《おう》じて出没《しゅつぼつ》するかのごとくであった。

家《いえ》のなかに閉《と》じこもってばかりいるから気分《きぶん》がふさぐので、たまには外《そと》に出《で》て気分転換《きぶんてんかん》も必要《ひつよう》であろう。そういって意見《いけん》するひとが親族《しんぞく》のなかにいた。かくて北《きた》の方《かた》が六歳《ろくさい》になった星丸《ほしまる》の手《て》を引《ひ》き、五六人《ごろくにん》の女房《にょうぼう》と小者《こもの》をお供《とも》につれて、壺装束《つぼしょうぞく》も甲斐甲斐《かいがい》しく、嵐山《あらしやま》の近《ちか》くにまで遠出《とおで》をしたのは翌年春三月《よくねんはるさんがつ》のことであった。むかしは嵐山《あらしやま》といえば紅葉《もみじ》であったが、亀山上皇《かめやまじょうこう》が吉野《よしの》の桜《さくら》を移《うつ》してこのかた、近《ちか》ごろでは花《はな》の名所《めいしょ》にもなっている。まだ満開《まんかい》にはいくらか早《はや》いものの、その日《ひ》は天《てん》うらうらと晴《は》れて、春《はる》めいた光《ひかり》が野辺《のべ》にも川面《かわも》にもあふれていた。久方《ひさかた》ぶりに母《はは》に手《て》を引《ひ》かれて遠《とお》くまで外出《がいしゅつ》したので、星丸《ほしまる》はことのほか上機嫌《じょうきげん》であった。桜《さくら》の下《した》にくると、さっそく母《はは》の手《て》をはなれて、笑《わら》いさざめきながら女房《にょうぼう》たちと追《お》いかけっこをはじめた。

めくるめく花《はな》の雲《くも》の下《した》で、気《き》がつくと北《きた》の方《かた》はひとりになっていた。

星丸《ほしまる》が近来《きんらい》になくはしゃいでいるので、こちらまで浮《う》き浮《う》きするような気分《きぶん》で、ひとりでいても自然《しぜん》に口《くち》もとがほころんでくるのであったが、それでも北《きた》の方《かた》の心《こころ》のすみには、なにか桜《さくら》の花《はな》にうまく化《ば》かされて、いわれなく浮《う》かれた気分《きぶん》になっているのではないかという、警戒《けいかい》心《しん》に似《に》たようなものが抜《ぬ》きがたく残《のこ》っていた。それにしても星丸《ほしまる》と女房《にょうぼう》たちはどこへ行《い》ったのか。

ちらりと不安《ふあん》が心《こころ》をかすめたとき、向《む》こうからこんな場所《ばしょ》にはおよそ似合《にあ》わない、烏帽子《えぼし》直衣《のうし》すがたの公卿《くぎょう》らしい老人《ろうじん》が蹣跚《まんさん》たる足《あし》どりで近《ちか》づいてくるのを、北《きた》の方《かた》がつと見《み》れば、それは意外《いがい》にも彼女《かのじょ》の父《ちち》であった。

「父上《ちちうえ》。こんなところでお目《め》にかかろうとは。」

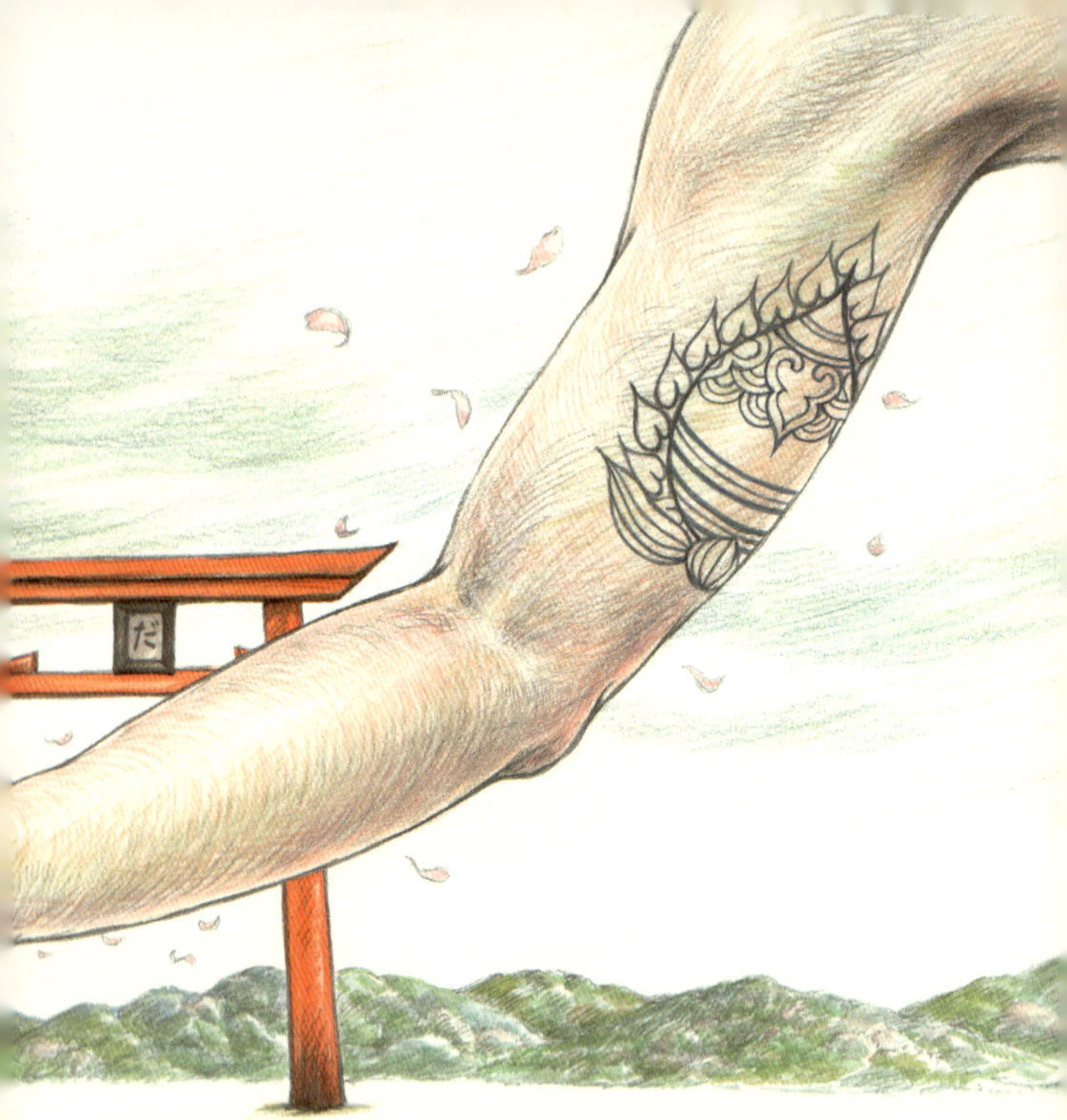
だ

「うむ。」

父《ちち》はひどく気《き》むずかしげに、被衣《かつぎ》のはずれから娘《むすめ》の顔《かお》をのぞきこむように見《み》つめていたかと思《おも》うと、

「月子《つきこ》。おまえにいうべきことがあって、わしはわざわざここへ来《き》たのじゃ。」

「まあ、なんとしたことで。」

「分《わか》らぬか。さきにおまえは狐《きつね》の子《こ》を産《う》んだ。これはひとにもいえぬ一家《いっか》の恥《はじ》じゃ。そのことでは、わしもずいぶん心労《しんろう》したぞ。左少将《さしょうしょう》どのも忿懣《ふんまん》やるかたなく、それからというものは、おまえとの夫婦《ふうふ》のちぎりもふっつり絶《た》っているそうな。無理《むり》もない話《はなし》と聞《き》いた。いまさら申《もう》しひらきを聞《き》きたくはない。おまえの犯《おか》した間違《まちが》いは、尋常《じんじょう》の不義《ふぎ》

密通《みつつう》よりもなお重《おも》いとこころえるがよいぞ。」

「でも父上《ちちうえ》、それはわたくしの関知《かんち》しないことで。」

「なにをいうか。げんに子《こ》を産《う》んでおきながら、その子《こ》をつくったおぼえがないとは、しらじらしいぞ。生《う》まれた狐《きつね》の子《こ》こそ、まのあたりの証拠《しょうこ》ではないか。」

「そうでもございましょうが、わたくしには、とんとおぼえがございませぬ。」

「おぼえがあろうとなかろうと、証拠《しょうこ》は証拠《しょうこ》じゃ。未練《みれん》がましいことは、もう申《もう》すな。おまえも、一家眷族《いっかけんぞく》の顔《かお》に泥《どろ》を塗《ぬ》った以上《いじょう》は、さだめし覚悟《かくご》はできているであろうな。」

「はい。」

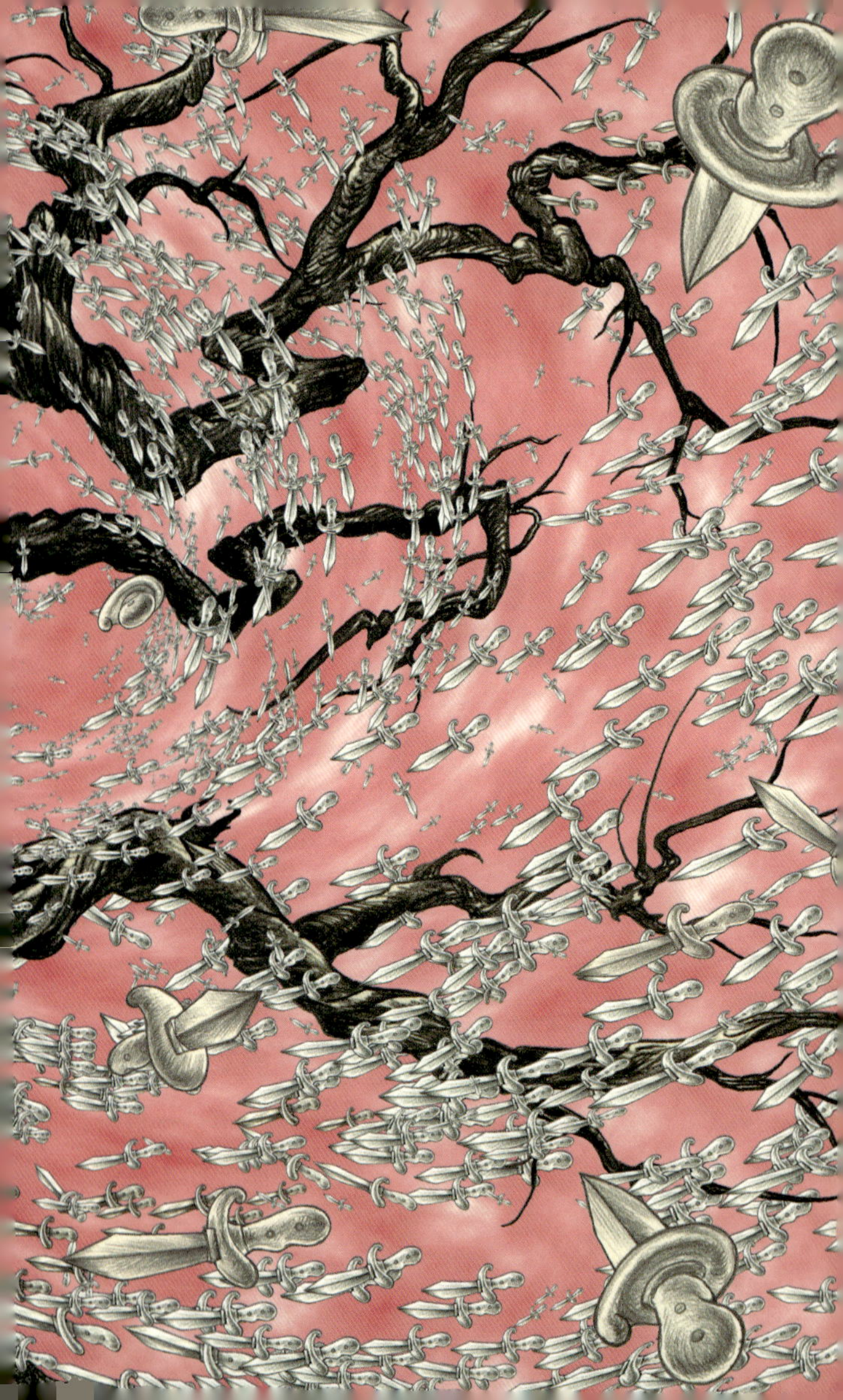

にわかに全身《ぜんしん》の力《ちから》がぬけて、もう生《い》きているのが面倒《めんどう》くさいような、いっそ死《し》んでしまったほうがさばさばするような、なげやりな心《こころ》の状態《じょうたい》に北《きた》の方《かた》は引《ひ》きずりこまれていった。暗《くら》い穴《あな》のなかにぐんぐん落《お》ちこんでゆくような気持《きもち》であった。と同時《どうじ》に、それまで春《はる》の陽《ひ》を浴《あ》びて銀色《ぎんいろ》に光《ひか》っていた花《はな》の雲《くも》も、いぶし銀《ぎん》になったように見《み》え出《だ》した。急《きゅう》に陽《ひ》がかげって、あたりは薄暗《うすぐら》い寒々《さむざむ》しい風景《ふうけい》になってしまったのである。

と見《み》ると、どの桜《さくら》の幹《みき》にも、そのうしろに小《ち》さな狐《きつね》が一匹《いっぴき》ずつ、じっとこちらを窺《うかが》うようにして、ひそんでいるのに気《き》がついた。

北《きた》の方《かた》は魅入《みい》られたようにふらふらと二三歩《にさんぽ》前《まえ》に出《で》ると、やおら自《じ》分《ぶん》の手《て》で自分《じぶん》の首《くび》を絞《し》め出《だ》した。それがこの場《ば》で自分《じぶん》の採用《さいよう》しうる、いちばん簡単《かんたん》な死《し》にかたのように思《おも》われたからである。

狐《きつね》たちがいっせいにはやし立《た》てて、

「もっと締《し》めろ。」

「もっと締《し》めろ。」

次第《しだい》に顔面《がんめん》の鬱血《うつけつ》してゆくのが自分《じぶん》でも分《わか》ったが、北《きた》の方《かた》は気丈《きじょう》にも手《て》をゆるめなかった。両手《りょうて》が首《くび》に食《く》いこめば食《く》いこむほど、顔面《がんめん》はみるみる血《ち》の色《いろ》に紅潮《こうちょう》して、こめかみから額《ひたい》の生《は》え際《ぎわ》まで、じっとりと汗《あせ》にまみれた。やがて被衣《かつぎ》が地《ち》に落《お》ち、北《きた》の方《かた》は口《くち》から舌《した》を出《だ》すと、あえぎながら独楽《こま》のようにくるくると回転《かいてん》しはじめた。ああ、もう死《し》ぬのだ、と自分《じぶん》で思《おも》った。

それまでどこへ行《い》っていたのか、すがたの見《み》えなかった星丸《ほしまる》がちょ

こちょことはしり寄《よ》ってきて、頓狂《とんきょう》な声《こえ》をあげたのはこのときである。

「お母《かあ》さま、なにをしていらっしゃるの。」

たちまち、桜《さくら》の樹《き》のうしろの狐《きつね》どもも、烏帽子《えぼし》直衣《のうし》の父《ちち》のすがたも、ふっとかき消《け》すように見《み》えなくなっていた。と同時《どうじ》に、いぶし銀《ぎん》の花《はな》の雲《くも》がふたたび赫《かっ》と銀色《ぎんいろ》に照《て》りかえって、それまで奇妙《きみょう》に薄暗《うすぐら》かったあたりの風景《ふうけい》が、ふたたび正常《せいじょう》の明《あか》るさをとりもどしていた。星丸《ほしまる》といっしょにもどってきた女房《にょうぼう》や小者《こもの》たちは、まだ夢《ゆめ》から完全《かんぜん》にさめ切《き》っていないような、ぼんやりした顔《かお》つきをしていた。

あやかし。北《きた》の方《かた》は日《ひ》を追《お》って、あやかしと親《した》しむようになっていった。それは嵐山《あらしやま》の野《の》あそびのときのような、おそろしく気《き》が滅入《めい》るようなものばかりではかならずしもなかった。それでも、そこに狐《きつね》があらわれないことはまずなかった。そして、狐《きつね》はすでに彼女《かのじょ》にとって、ひたすら恐怖《きょうふ》すべき対象《たいしょう》、ひたすら嫌悪《けんお》すべき対象《たいしょう》ではなくなってい
た。時《とき》とすると、恐怖感《きょうふかん》や嫌悪感《けんおかん》はぐっと薄《うす》らいで、愛着《あいちゃく》といってよいほどの感情《かんじょう》が湧《わ》いているのに、自分《じぶん》でも驚《おどろ》くことさえあった。どういう根拠《こんきょ》によるものか、彼女《かのじょ》は自分《じぶん》が産《う》みおとしてしまった狐《きつね》の子《こ》を、女《おんな》の子《こ》すなわち雌《めす》と信《しん》じていた。

「さあ、これからお宮《みや》まいりに行《い》きましょうね。」

或《あ》る日《ひ》、北《きた》の方《かた》はよちよちあるく小狐《こぎつね》の手《て》を引《ひ》いて、船岡山《ふなおかやま》の北《きた》の今宮神社《いまみやじんじゃ》へ行《い》った。夜須《やす》礼祭《らいまつり》はとうに終《おわ》っていたから、この紫野《むらさきの》のあたりは訪《おとず》れるひとも少《すく》なく、けだものと連《つ》れ立《だ》ってあるいていても人《ひと》目《め》に立《た》つことはあるまいと思《おも》ったのである。なぜ彼女《かのじょ》がとくに今宮神《いまみやじん》

社《じゃ》をえらんだのかといえば、それはかつて聞《き》いた老女《ろうじょ》の子守唄《こもりうた》のなかに「船岡山《ふなおかやま》の狐《きつね》の子《こ》」という一句《いっく》があったのを漠然《ばくぜん》と記憶《きおく》にとどめていたからであろう。小狐《こぎつね》の手《て》を引《ひ》いてあるいているとき、彼女《かのじょ》は異様《いよう》な幸福感《こうふくかん》に酔《よ》ったような気持《きもち》だった。どうして自分《じぶん》がこんなに幸福《こうふく》なのか、われながら、あやしみたくなるほどの昂揚《こうよう》した気持《きもち》だった。

その昂揚感《こうようかん》が神社《じんじゃ》の境内《けいだい》に足《あし》を踏《ふ》み入《い》れるや、たちまち潰《つい》えた。なんの行事《ぎょうじ》か知《し》らないが、町衆《まちしゅう》の女房《にょうぼう》たちが三々五々《さんさんごご》、女《おんな》の子《こ》をつれてお宮《みや》まいりに来《き》ているのに出遭《であ》ったからである。女《おんな》の子《こ》たちはそれぞれ髪《かみ》に花《はな》を飾《かざ》り、鼻《はな》のあたまに白粉《おしろい》を塗《ぬ》り、はなやかな祭礼《さいれい》の衣裳《いしょう》をきて、母親《ははおや》に手《て》を引《ひ》かれていた。母親《ははおや》ではなくて、祖母《そぼ》に手《て》を引《ひ》かれているものもいる。この文字《もじ》通《どお》り幸福《こうふく》なひとたちの一団《いちだん》を目《め》にしたとたん、北《きた》の方《かた》の昂揚《こうよう》した気持《きもち》は一挙《いっきょ》にしぼんでしまったのである。

彼《かれ》らにくらべると、狐《きつね》の子《こ》をつれている自分《じぶん》はいかにも滑稽《こっけい》で、みじめに見《み》えた。逃《に》げ出《だ》したいほど、北《きた》の方《かた》は恥《は》ずかしくてたまらなくなった。そこで被衣《かつぎ》の下《した》に小《ちい》さな狐《きつね》をおいかくし、町衆《まちしゅう》の一団《いちだん》をやり過《す》ごそうとした。ひきつった顔《かお》で、彼女《かのじょ》は薄《うす》い絽《ろ》の布地《ぬのじ》の上《うえ》から、むくむくした弾力《だんりょく》のある小狐《こぎつね》のからだをぎゅっと押《お》さえつけた。苦《くる》しがって動《うご》こうとするのを、さらに力《ちから》を入《い》れて押《お》さえつけた。少《すこ》しばかり力《ちから》を入《い》れすぎたのかもしれない。一団《いちだん》が通《とお》りすぎたとき、被衣《かつぎ》の下《した》から小狐《こぎつね》を出《だ》してみると、そいつはすでにぐったりとして息《いき》たえていた。

「おお、おお、かわいそうに。おまえは何度《なんど》、むごたらしく殺《ころ》されなければならないのか……」

北《きた》の方《かた》は声《こえ》をあげて泣《な》いた。その被衣《かつぎ》の裏《うら》には、なまなましい血《ち》の染《し》みがついていた。

もちろん、読者《どくしゃ》はこのエピソードを、ほかでもない北《きた》の方《かた》の夢《ゆめ》だと思《おも》ってくださって一向《いっこう》に差支《さしつか》えないのである。ただ、この被衣《かつぎ》の裏《うら》についた血《ち》だけは本物《ほんもの》の血《ち》だと信《しん》じてくださるならば、作者《さくしゃ》としてはこんなありがたいことはない。

播《ばん》州書写山《しゅうしょしゃざん》のふもと、夢前川《ゆめさきがわ》のゆるやかに流《なが》れるあたりに、ひそかに営《いとな》まれた左少将《さしょうしょう》の別邸《べってい》があった。ここにはむろん北《きた》の方《かた》などは寄《よ》せつけない。数年来《すうねんらい》、左少将《さしょうしょう》はここで、だれに憚《はばか》るところもなく魔法三昧《まほうざんまい》に明《あ》かし暮《く》らしていた。その魔法《まほう》とは、すなわち管狐《くだぎつね》を使《つか》ってもろもろの通力《つうりき》をあらわす荼吉尼天《だきにてん》の修法《しゆほう》である。もともと、新《あたら》しがりの左少将《さしようしよう》にはいくらか婆娑羅《ばさら》の趣味《しゆみ》があり、茶道具《ちやどうぐ》に凝《こ》ったり唐絵《からえ》唐物《からもの》のコレクションに血道《ちみち》をあげたりするという傾《かたむ》きがあったのが、やがて物《もの》の世界《せかい》だけではあきたりなくなり、覚念房《かくねんぼう》という同好《どうこう》の士《し》をみちびきとして、ついに形而上《けいじじよう》の世界《せかい》にまでのり出《だ》してきたというふぜいであった。

いま、私《わたくし》は物《もの》の世界《せかい》から形而上《けいじじよう》の世界《せかい》ということを書《か》いたけれども、この表現《ひようげん》は厳密《げんみつ》に考《かんが》えれば正《ただ》しくないかもしれない。荼吉尼天《だきにてん》の修法《しゆほう》といい飯綱《いづな》の修法《しゆほう》といい、それらは要《よう》するに超能力《ちようのうりよく》ある狐《きつね》の存在《そんざい》から離《はな》れては成立《せいりつ》しえないところの魔法《まほう》であって、これを修《しゆう》するひとは物《もの》に対《たい》すると同《おな》じように、狐《きつね》に対《たい》しているにすぎないからだ。唐物《からもの》に物《もの》としてのプレスティージュがあるように、いわば狐《きつね》にも物《もの》としてのプレスティージュがあるのである。そもそも管狐《くだぎつね》というのは、管《くだ》を二《ふた》つに割《わ》ったような尾《お》をした、大《おお》きさ二十日鼠《はつかねずみ》ほどの小形《こがた》の狐《きつね》の一種《いっしゅ》で、一説《いっせつ》によれば、修法者《しゅほうじゃ》が火吹竹《ひふきだけ》ぐらいの竹筒《たけづつ》のなかに入《い》れて飼《か》っているので、そういう名《な》で呼《よ》ばれるようになったのだという。これではまるで狐《きつね》のコレクションとなんら異《こと》なるところがないではないか。すなわち狐《きつね》といえども、唐絵《からえ》唐物《からもの》と同《おな》じように、魔《ま》法《ほう》の修法者《しゅほうじゃ》にとってはコレクションの対象《たいしょう》となる物《もの》でしかなかったのである。

もっとも、左少将《さしょうしょう》の場《ば》合《あい》は管狐《くだぎつね》ではなくて、その魔《ま》法《ほう》の効験《こうけん》はもっぱら狐玉《きつねだま》に依《い》存《ぞん》していた。狐玉《きつねだま》とはなにか。しかし、それを語《かた》るよりも前《まえ》に、まず彼《かれ》がいかにして狐玉《きつねだま》を手《て》に入《い》れたか、その顚末《てんまつ》を次《つぎ》に語《かた》ろう。

或《あ》る六月《ろくがつ》の夕《ゆう》、播州《ばんしゅう》の別邸《べってい》に独居《どっきょ》していた左少将《さしょうしょう》をたずねて、蓑笠《みのかさ》をきたあやしい風体《ふうてい》の男《おとこ》が不意《ふい》にあらわれた。男《おとこ》は江州朽木《ごうしゅうくつき》の木地師《きじし》だという。背中《せなか》にかついだ袋《ふくろ》のなかから鹿革《しかがわ》の大《おお》きな巾着《きんちゃく》をとり出《だ》すと、それを無礼《ぶれい》にも左少将《さしょうしょう》の膝《ひざ》もとにぽんと投《な》げ出《だ》して、

「もし巾着《きんちゃく》の中身《なかみ》がお気《き》に召《め》さなければ、あす日《ひ》が暮《く》れてから、円教寺《えんぎょうじ》奥《おく》の院《いん》の乙天護法堂《おってんごほうどう》の縁《えん》の上《うえ》に、巾着《きんちゃく》ごと返《かえ》しておいてくだされば よい。もしお気《き》に召《め》して、お手《て》もとにとどめておきたいとお思《おも》いになったら、巾着《きんちゃく》のなかに砂金五十両《さきんごじゅうりょう》を入《い》れて、同《おな》じ時刻《じこく》、同《おな》じ場所《ばしょ》に置《お》いておいていただきたい。どちらかにしてほしい。どちらをえらぼうと殿《との》の御意《ぎょい》のままでございます。」

男《おとこ》が帰《かえ》ってから、さっそく巾着《きんちゃく》の緒《お》をゆるめてみると、出《で》てきたのは直径十《ちょっけいじっ》センチばかりのみごとな狐玉《きつねだま》であった。翌日《よくじつ》、左少将《さしょうしょう》は小者《こもの》に命《めい》じて約束通《やくそくどお》り、書写山《しょしゃざん》の上《うえ》の円教寺奥《えんぎょうじおく》の院《いん》まで砂《さ》金五十両《きんごじゅうりょう》をとどけさせた。この狐玉《きつねだま》、手《て》もとに置《お》いておく価値《かち》ありと思《おも》ったからである。

狐玉《きつねだま》というのは、木内石亭《きうちせきてい》の『雲根志《うんこんし》』によれば「死《し》したる狐《きつね》の頭《あたま》のなかに得《え》たり」ということになるらしいが、かならずしも然《しか》らず。川《かわ》のなかから網《あみ》で拾《ひろ》ったというひともいれば、山《やま》のなかの地面《じめん》を掘《ほ》って見《み》つけ出《だ》したというひともいる。しかし総《そう》じていえば、これは狐《きつね》の霊《れい》異《い》をあらわすエネルギーの凝《こ》って一丸《いちがん》となったような玉《たま》のはずだから、元来《がんらい》はどこかしら狐《きつね》の体内《たいない》にひそんでいるものと考《かんが》えても間違《まちが》いではあるまい。一種の結石のように、小動物の体内に形成された半鉱物質、半有機質《はんゆうきしつ》の石《いし》だと考《かんが》えることもできるだろう。色《いろ》は白《しろ》く鶏《にわとり》の卵《たまご》のようだという説《せつ》もあれば、薄桃色《うすももいろ》をしているという説《せつ》もある。また石《いし》のように堅《かた》いともいうし、ぶよぶよしていて、押《お》せばへこむが、手《て》をはなせば元《もと》のようにふくれるともいう。そしてなにより不思議《ふしぎ》なのは、それが夜中《よなか》に光《ひか》るということである。

左少将《さしょうしょう》はこの狐玉《きつねだま》を、花瓶《かびん》だの香炉《こうろ》だのをずらずらとならべた書院《しょいん》の床押板《とこおしいた》のほぼ中心《ちゅうしん》に安置《あんち》して、常住《じょうじゅう》坐臥《ざが》、ためつすがめつしていたものであるが、昼間《ひるま》は一向《いっこう》に見映《みば》えのしないただの白《しろ》い石《いし》なのに、夜《よる》ともなると、それが晃々《こうこう》たる光《ひかり》をはなって、まぶしいばかりの明《あか》るさになるのに一驚《いっきょう》した。その美《うつく》しさはあきれるほどで、いくら眺《なが》めてい

ても見《み》あきなかった。五日《いつか》ばかりすると、木地師《きじし》の男《おとこ》がふたたび飄然《ひょうぜん》とやってきて、狐玉《きつねだま》にはときどき水《みず》をそそいでやるとよい、太陽《たいよう》の光《ひかり》に当《あ》てるのは禁物《きんもつ》だが、月《つき》の光《ひかり》ならばいくら当《あ》ててやってもかまわない、と助言《じょげん》を垂《た》れた。あたかも夜《よる》の霊気《れいき》によって活力《かつりょく》をたもつ生《い》きもののようである。

丹精《たんせい》して盆栽《ぼんさい》を育《そだ》てるひとのように、左少将《さしょうしょう》はその後《ご》、この狐玉《きつねだま》をいたって大事《だいじ》に取《と》りあつかい、教《おし》えられたように月光《げっこう》に当《あ》てたり水《みず》をそそいでやったりして、その光《ひかり》をますます明澄《めいちょう》ならしめるよう腐心《ふしん》した。みずから経《きょう》を読《よ》み陀羅尼《だらに》を誦《しょう》するときにも、つねにその身辺《しんぺん》において、そこから霊妙《れいみょう》な一種《いっしゅ》のエネルギーを汲《く》みとるべく努《つと》めた。かくて数年《すうねん》もすると、この玉《たま》は彼《かれ》と一心同体《いっしんどうたい》といってもよいような、欠《か》くべからざる存在《そんざい》になっていた。この玉《たま》のおかげで、彼《かれ》がどれだけ多《おお》くの奇蹟《きせき》を実現《じつげん》したか、どれだけ多《おお》くの欲望《よくぼう》を達成《たっせい》したか、それは彼以《かれい》外《がい》のだれも知《し》らないことだった。しかも玉《たま》は、彼《かれ》の野心《やしん》や欲望《よくぼう》を貪婪《どんらん》に吸《す》いこめば吸《す》いこむほど、ますます磨《みが》きがかかってくるように、内《ない》部《ぶ》からつやつやと照《て》りかがやいて光《ひか》りに光《ひか》るのだった。

それほど大事《だいじ》な玉《たま》を、左少将《さしようしよう》は或《あ》るとき、とんでもない失態《しったい》をやらかして、一挙《いっきょ》に駄目《だめ》にしてしまったのである。その顚末《てんまつ》は次《つぎ》のごとくである。

この播州《ばんしゅう》の別邸《べってい》に、彼《かれ》は妻《つま》をはじめとして、家族《かぞく》や親族《しんぞく》のだれひとりをも厳重《げんじゅう》に寄《よ》せつけなかったものであるが、ただ息子《むすこ》だけは、鍾愛《しょうあい》の息子《むすこ》だけは別《べつ》で、ときどき機会《きかい》をつくってはこっそり呼《よ》び寄《よ》せてい

た。男《おとこ》にしか分《わか》らない婆娑羅《ばさら》の精神《せいしん》を、幼児《ようじ》のうちから息子《むすこ》に吹《ふ》きこんでおこうと考《かんが》えたのかもしれない。ところで、星丸《ほしまる》は八歳《はっさい》をすぎるころから、始末《しまつ》に負《お》えない悪童《あくどう》ぶりを発揮《はっき》して、京《きょう》の屋敷《やしき》にいても、女房《にょうぼう》たちの袴《はかま》の下《した》に生《い》きた蛙《かえる》をもぐりこませたり、垂《た》らした髪《かみ》にべったり松脂《まつやに》を塗《ぬ》りつけたり、さては、おとなが大事《だいじ》にしているものを片《かた》っぱしから盗《ぬす》みとっては喜《よろこ》んだりするといったありさまであった。だから、父《ちち》の書院《しょいん》の床押板《とこおしいた》の上《うえ》に、三方《さんぼう》にのせて大事《だいじ》そうに安置《あんち》してある狐玉《きつねだま》を見《み》るや、星丸《ほしまる》がむらむらといたずらごころをおこし、これをかっさらって逃《に》げたとしても別《べつ》にふしぎはなかった。

血相《けっそう》かえて父《ちち》がとんできたとき、星丸《ほしまる》は庭《にわ》さきで、なにを思《おも》ったのか、この狐玉《きつねだま》を陽《ひ》にかざしていた。玉《たま》に目《め》を押《お》しあてて、その内部《ないぶ》をのぞき見《み》ようとしていた。

父《ちち》は思《おも》わず荒《あら》い声《こえ》を出《だ》して、子《こ》の手《て》から玉《たま》を奪《うば》いとると、逆上《ぎやくじよう》のあまり、その頬《ほお》をしたたか打《う》った。彼《かれ》が子《こ》の頬《ほお》を打《う》ったのは、このときが最初《さいしょ》である。まだ八歳《はっさい》の子《こ》は声《こえ》をはなって泣《な》いた。

それ以来《いらい》、夜《よる》になっても狐玉《きつねだま》は生《い》き生《い》きと光《ひか》らなくなった。死《し》にかけた蛍《ほたる》のように、どんよりと鈍《にぶ》く黄色《きいろ》い光《ひかり》をはなつばかりで、それも徐々《じょじょ》に曇《くも》りがちになってきた。木地師《きじし》の忠告《ちゅうこく》にあったように、おそらく太陽《たいよう》の光《ひかり》に当《あた》ったのが致命的《ちめいてき》だったのであろう。左少将《さしょうしょう》が半狂乱《はんきょうらん》になって、水《みず》をそそいだり月光《げっこう》に浴《よく》さしめたりしてはみたものの、ひとたび進行《しんこう》しはじめた玉《たま》の凋落《ちょうらく》は、もう人力《じんりき》をもってしては二度《にど》と元《もと》へもどすことができないようであった。左少将《さしょうしょう》の落胆《らくたん》ぶりははなはだし

かった。

そのかわり、この混濁《こんだく》した玉《たま》の内部《ないぶ》で、奇妙《きみよう》なことがおこりはじめた。夜《よる》、ふと目《め》をさますと、隣《とな》りの部屋《へや》から何《なに》か物音《ものおと》が聞《きこ》えてくる。鍋《なべ》のなかで物《もの》が煮《に》えているような、ごくかすかな、ぶつぶついう音《おと》である。左少将《さしようしよう》が起《お》きあがって、書院《しよいん》の遣戸《やりど》をあけてみると、その音《おと》は明《あき》らかに三方《さんぽう》の上《うえ》の狐玉《きつねだま》から発《はつ》しているのだった。しかも日《ひ》を追《お》って、その音《おと》がだんだんはげしくなり、やがてはそれが人語《じんご》に似《に》てきたとき、左少将《さしようしよう》は恐怖《きようふ》にとらわれた。しわがれた、早口《はやくち》な、なんだか意味《いみ》の分《わか》らない一種《いつしゆ》の鴃舌《げきぜつ》であるが、それでも人語《じんご》にはちがいない。それが時《とき》とともに次第《しだい》に明瞭《めいりよう》になってきたのである。

ヨーロッパの魔《ま》法用語《ほうようご》に「撥《は》ねかえり」の法則《ほうそく》というのがある。或《あ》るひとが或《あ》るひとを呪《のろ》って、相手《あいて》に向《む》けて呪《のろ》いの流体《りゆうたい》を発《はつ》したとする。その場合《ばあい》、もしも相手《あいて》の防備《ぼうび》が固《かた》く、発《はつ》せられた流体《りゆうたい》が所期《しよき》の目的《もくてき》をはたさずに宙《ちゆう》に迷《まよ》うと、それがおそろしいエネルギーになって、発《はつ》したひとのもとに逆流《ぎやくりゆう》してくるのだ。これがいわゆる「撥《は》ねかえり」である。たぶん、この狐玉《きつねだま》もそれに似《に》て、光《ひかり》を無《な》くしてから、たくわえられたエネルギーが行《い》き場《ば》を失《うしな》い逆流《ぎやくりゆう》して、所持者《しよじしや》のもとに撥《は》ねかえってきたのではないだろうか。

隣《とな》りの部屋《へや》で、見知《みし》らぬひとがいびきをかきながら眠《ねむ》っている。それがときどき、わけの分《わか》らぬ調子《ちようし》っぱずれな気味《きみ》のわるい譫言《うわごと》を口《くち》ばしる。そんな感《かん》じで、左少将《さしようしよう》はおちおち寝《ね》てもいられなくなった。ほっておけば、この狐玉《きつねだま》、どこまで図《ず》にのってしゃべりちらすようにな

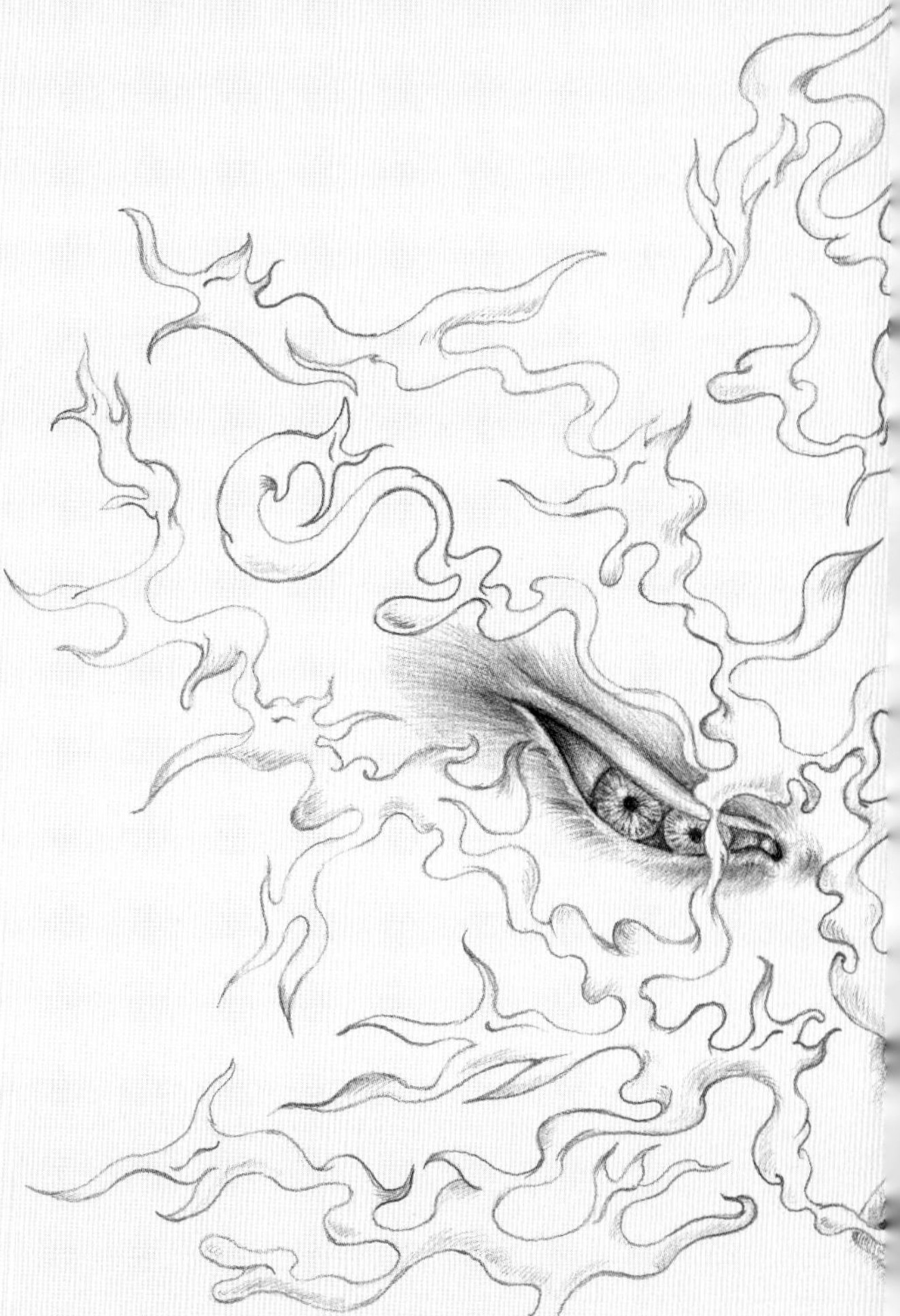

るか、予断《よだん》を許《ゆる》さなかった。そうかといって、いったん自分《じぶん》のものにした強力《きょうりょく》な作用《さよう》のある狐玉《きつねだま》を、おいそれとどこかへ捨《す》てるというわけにもいきかねた。あとでどんな禍《わざわ》いがふりかかってくるか、それこそ分《わか》ったものではないからだ。いまいましい星丸《ほしまる》の粗忽《そこつ》な振舞《ふるま》いのせいで、こんな憂鬱《ゆううつ》な目《め》にあわねばならないのかと思《おも》うと、左少将《さしょうしょう》はつくづくわが子《こ》がうらめしかった。

ついに或《あ》る夜《よ》、狐玉《きつねだま》はおそろしいことを口《くち》ばしりはじめた。聞《き》いているうちに、左少将《さしょうしょう》はみるみる自分《じぶん》が蒼《あお》ざめてゆくのを感《かん》じた。

「なんじ、枕《まくら》を高《たか》くして寝《ね》ていられるのも今《いま》のうちと思《おも》え。なんじの罪《つみ》はふかいぞ。今《いま》を去《さ》ること三年前《さんねんまえ》、なんじはこの玉《たま》に向《むか》って、おのが妻《つま》を呪《のろ》ったな。飯綱山《いいづなやま》の狐《きつね》を使嗾《しそう》して、おのが妻《つま》を姦《おか》さしめたな。

かくて妻《つま》が首尾《しゅび》よく狐《きつね》の子《こ》を産《う》むや、なんじは復讐《ふくしゅう》の喜《よろこ》びに燃《も》えて、その子《こ》をむごたらしく殺《ころ》したな。これ、ことごとくなんじの理不尽《りふじん》な嫉妬《しっと》から出《で》た振舞《ふるま》いであるぞ。」

現代《げんだい》の心理学《しんりがく》の見地《けんち》から見《み》るならば、この狐玉《きつねだま》の声《こえ》は、さしずめ潜《せん》在意識《ざいいしき》の声《こえ》とも解釈《かいしゃく》されるべきものであろう。そういえば、たしかに左少将《さしょうしょう》は、かつて妻《つま》のほんの些細《ささい》な疑《うたが》わしい行動《こうどう》、ほとんど浮気《うわき》ともいえないような浮気《うわき》の徴候《ちょうこう》を根《ね》にもって、これに懲罰《ちょうばつ》を加《くわ》えてやりたいと考《かんが》えたことがあったのである。疑心暗鬼《ぎしんあんき》を生《しょう》ずというが、この自《じ》分《ぶん》の心《こころ》のなかに生《しょう》じた暗鬼《あんき》をそのまま現実《げんじつ》のものにして、彼女《かのじょ》に懲罰《ちょうばつ》を加《くわ》えるための口実《こうじつ》をつくってやりたいと考《かんが》えたことがあったのである。このあたりの心理《しんり》は説明《せつめい》しにくいが、もしかしたら左少将《さしょうしょう》は、妻《つま》

に対《たい》して法外《ほうがい》な貞淑《ていしゅく》を要求《ようきゅう》していたのかもしれない。そして、その貞《てい》淑《しゅく》が少《すこ》しでも傷《きず》つけられたのではないかという疑《うたが》いの生《しょう》じたとき、すすんで彼《かれ》は、これをめちゃめちゃにしてやりたいという欲求《よっきゅう》に抗《こう》することができなかったのだ。

暗鬼《あんき》がまさに現実《げんじつ》となって、北《きた》の方《かた》が狐《きつね》の子《こ》を産《う》みおとしたとき、彼《かれ》は公明正大《こうめいせいだい》な理由《りゆう》で妻《つま》の姦通《かんつう》を責《せ》めることができるのに、ひそかな喜《よろこ》びを味《あじ》わった。おまえがわるいのだ。少《すこ》しでもおれに疑《うたが》いをもたせるような行動《こうどう》をしたから、そんなことになったのだ。当然《とうぜん》の報《むく》いだ。いまさら後悔《こうかい》したところで、もうおそいぞ。口《くち》には出《だ》さなかったが、彼《かれ》はそう思《おも》っていた。とすれば、目《め》に見《み》えないすがたで妻《つま》を姦《おか》した狐《きつね》は、左少将《さしょうしょう》のひそかな意志《いし》を代行《だいこう》したということになるではないか。そして、そのかぎりでは狐玉《きつねだま》はまさしく真実《しんじつ》を語《かた》っていたのである。

いや、待《ま》てよ。もしかするとおれは、ただ妻《つま》の貞淑《ていしゆく》を傷《きず》つけることを心中《しんちゆう》で望《のぞ》んだだけではなくて、狐玉《きつねだま》のいうように、実際《じつさい》に妻《つま》を呪《のろ》い、狐《きつね》を使《つか》って妻《つま》を姦《おか》させたのかもしれないぞ。妻《つま》が狐《きつね》の子《こ》を産《う》んだのは、おれが呪《のろ》ったからだと考《かんが》えたほうが、むしろ因果《いんが》のつじつまは合《あ》うのではないかな。混乱《こんらん》した頭《あたま》で、ついに左少将《さしようしよう》はこんなことまで考《かんが》えるにいたった。

そうして考《かんが》えるだけ考《かんが》えてしまうと、あたかも狐《きつね》が落《お》ちたように、左少将《さしようしよう》はずいぶん気《き》が楽《らく》になった。それから朝《あさ》まで、まんじりともしないで真言陀羅尼《しんごんだらに》を誦《しよう》していたが、朝《あさ》の光《ひかり》のさすとともに、気《き》がついてみると、いつか三方《さんぼう》の上《うえ》の玉《たま》はこなごなに砕《くだ》け散《ち》って、ぶざまな黒《くろ》い石《いし》のかけらとなっていた。

十《じゅう》

五歳《ごさい》で元服《げんぷく》してから、星丸《ほしまる》は髪型《かみがた》や装束《しょうぞく》とともに、その名前《なまえ》をもあらためていたわけであるが、ここでは便宜上《べんぎじょう》、幼名《ようめい》のままで通《とお》すことにしよう。作者《さくしゃ》としていえば、かならずしも元服後《げんぷくご》の名前《なまえ》を考《かんが》え出《だ》すのが面倒《めんどう》くさいというわけではなく、ただ星丸《ほしまる》という名前《なまえ》に捨《す》てがたい愛着《あいちゃく》を感《かん》じているだけのことなのだ。

父《ちち》に似《に》て筋骨《きんこつ》たくましく、しかも母《はは》に似《に》て目《め》をそばだたせる美貌《びぼう》の青年《せいねん》に成長《せいちょう》していた星丸《ほしまる》は、そのころになると、あからさまに父《ちち》に反《はん》感《かん》を示《しめ》すようになっていた。父《ちち》の気持《きもち》にさからうことが、それだけで純粋《じゅんすい》に彼《かれ》の快感《かいかん》の源泉《げんせん》となっているかのごとくで、あくまでふてぶてしく、ことごとに父《ちち》の期待《きたい》を裏切《うらぎ》りつづけた。彼《かれ》が一年《いちねん》に一度《いちど》か二度《にど》、父《ちち》と別居《べっきょ》している母《はは》の屋敷《やしき》に泊《と》まりにくるのも、ただ父《ちち》をいらいらさせるためだけのようであった。

狐《きつね》の子《こ》を産《う》んでから夫《おっと》との仲《なか》が冷《ひ》えきってしまった北《きた》の方《かた》は、みずからすすんで身《み》を引《ひ》くようなかたちで、もうかれこれ十年来《じゅうねんらい》、洛北《らくほく》の草深《くさぶか》いところに閑居《かんきょ》していた。かつてのノイローゼめいた幻覚《げんかく》も、いまでは彼女《かのじょ》を悩《なや》ますことがなくなった。年《とし》とったといっても、むかしのことだからまだ三十代《さんじゅうだい》の前半《ぜんはん》だが、夫《おっと》がいまでは若《わか》い愛妾《あいしょう》といっしょに暮《く》らしていることを風《かぜ》のたよりに聞《き》き知《し》っても、べつだん嫉妬《しっと》の感情《かんじょう》が湧《わ》くわけでもない。もうそんなことはどうでもよかったのである。おとなになった息子《むすこ》がときどき訪《たず》ねてくれるのは嬉《うれ》しくないこともなかったが、その息子《むすこ》が近《ちか》ごろでは、むしろ彼女《かのじょ》にとって頭痛《ずつう》のたねであった。訪《たず》ねてくるたびに、かならず側仕《そばづか》えの若《わか》い女房《にょうぼう》がひとり、すがたを消《け》していたからである。

子《こ》どものころから屋敷内《やしきない》の女房《にょうぼう》にいたずらするのが大好《だいす》きだった星《ほし》丸《まる》は、長《ちょう》ずるにおよんで、女《おんな》を玩弄《がんろう》することをますます好《この》むようになっていた。それはまさに玩弄《がんろう》と呼《よ》ぶにふさわしいやりかたで、父《ちち》の婆《ば》娑《さ》羅《ら》や唐物趣味《からものしゅみ》が息子《むすこ》のなかに、こんなかたちで受《う》け継《つ》がれていようとは、父自身《ちちじしん》にも息子自身《むすこじしん》にも思《おも》いおよばなかったにちがいない。母《はは》親《おや》ゆずりの美貌《びぼう》を武器《ぶき》として、おのれの前《まえ》に立《た》ちあらわれるすべての純潔《じゅんけつ》、すべての無垢《むく》、すべての清楚《せいそ》を手《て》あたり次第《しだい》に踏《ふ》みにじることに星丸《ほしまる》は異常《いじょう》な執念《しゅうねん》を燃《も》やした。

父《ちち》が息子《むすこ》を疎《うと》んずるこころを露骨《ろこつ》に見《み》せるようになったのも、京《きょう》の屋敷内《やしきない》での女房《にょうぼう》たちに対《たい》する彼《かれ》の所行《しょぎょう》が目《め》にあまるものとなったためである。単《たん》に女《おんな》のこころとからだを籠絡《ろうらく》するだけならば、ひとの目《め》をかすめることも容易《ようい》であろう。しかし、皮膚《ひふ》の上《うえ》になまなましく印《しる》されたみみず脹《ば》れややけどは、ひとの目《め》にはっきり見《み》えるから始末《しまつ》がわるい。それでも衣裳《いしょう》をきているからまだよいので、衣裳《いしょう》をぬいではだかになったら目《め》もあてられまい。父《ちち》が眉《まゆ》をひそめたのも無理《むり》はなかった。

或《あ》る秋《あき》の夜《よ》、折《おり》からのはげしい吹《ふ》き降《ぶ》りをついて、綾藺笠《あやいがさ》をかぶり松明《たいまつ》をもった騎馬《きば》の一行《いっこう》が、だみ声《ごえ》とともに北《きた》の方《かた》の侘住居《わびずまい》の門《もん》をたたいた。いわずと知《し》れた星丸《ほしまる》の一行《いっこう》である。例《れい》によって、一晩《ひとばん》の宿《やど》を

貸《か》してほしいというのだった。

ただ、このたびは破廉恥《はれんち》にも、鞍《くら》にふんぞりかえった星丸《ほしまる》は、緋《ひ》の裳《も》をきた若《わか》い娘《むすめ》を小脇《こわき》にかかえていた。上臈《じょうろう》か。遊女《ゆうじょ》か。いや、緋《ひ》の裳《も》と対照《たいしょう》をなす白《しろ》い袿《うちき》を夜目《よめ》にもけざやかに着《き》たところは、どうやら神《かみ》に仕《つか》える巫女《みこ》のようであった。さらわれたのか、それとも甘言《かんげん》をもって誘《さそ》われたのか。いずれ星丸《ほしまる》の淫欲《いんよく》の犠牲《ぎせい》となるべく連《つ》れ出《だ》された娘《むすめ》であることは知《し》れきっていた。

これまで星丸《ほしまる》は母《はは》の侘住居《わびずまい》に、さすがに女《おんな》づれで押《お》しかけてきたことはなかった。息子《むすこ》といえどもあまりの礼儀《れいぎ》知《し》らずな振舞《ふるま》いに、知《し》らせを受《う》けた北《きた》の方《かた》は色蒼《いろあお》ざめて脣《くちびる》をかんだ。外《そと》では馬《うま》のいななきや、酔《よ》っているらしい男《おとこ》どもの談笑《だんしょう》の声《こえ》が聞《きこ》える。よっぽどこのまま門前《もんぜん》ばらいを食《く》わせてやろうかと思《おも》った。

　そのとき、門《もん》の外《そと》から星丸《ほしまる》が大声《おおごえ》あげていうには、

「母上《ははうえ》。お願《ねが》いですから御門《ごもん》をあけてください。事情《じじょう》があって女《おんな》をひとり伴《ともな》っていますが、このもの、決《けっ》して卑《いや》しい稼業《かぎょう》のものではございませぬ。ひどい怪我《けが》をしているので、手《て》あてをしてやりたいと思《おも》います。」

　北《きた》の方《かた》は門《もん》をあけてやった。小者《こもの》をひとり残《のこ》して、男《おとこ》どもは帰《かえ》った。星丸《ほしまる》はかかえていた女《おんな》をどさりと畳《たたみ》の上《うえ》に投《な》げ出《だ》すと、雨水《あまみず》のしたたる綾藺笠《あやいがさ》をぬぎ、母《はは》の前《まえ》にかるく頭《あたま》をさげてから、ふたたび女《おんな》に目《め》をやって、

「磔木《はたもの》に五寸釘《ごすんくぎ》で手足《てあし》を打《う》ちつけられて、悪党《あくとう》にいたぶられていたの

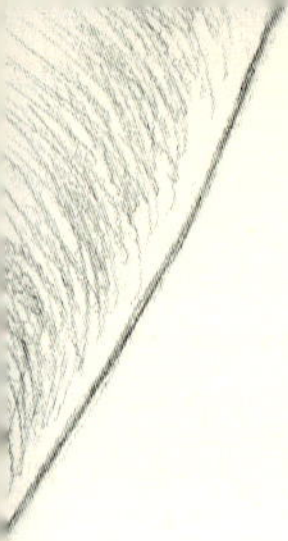

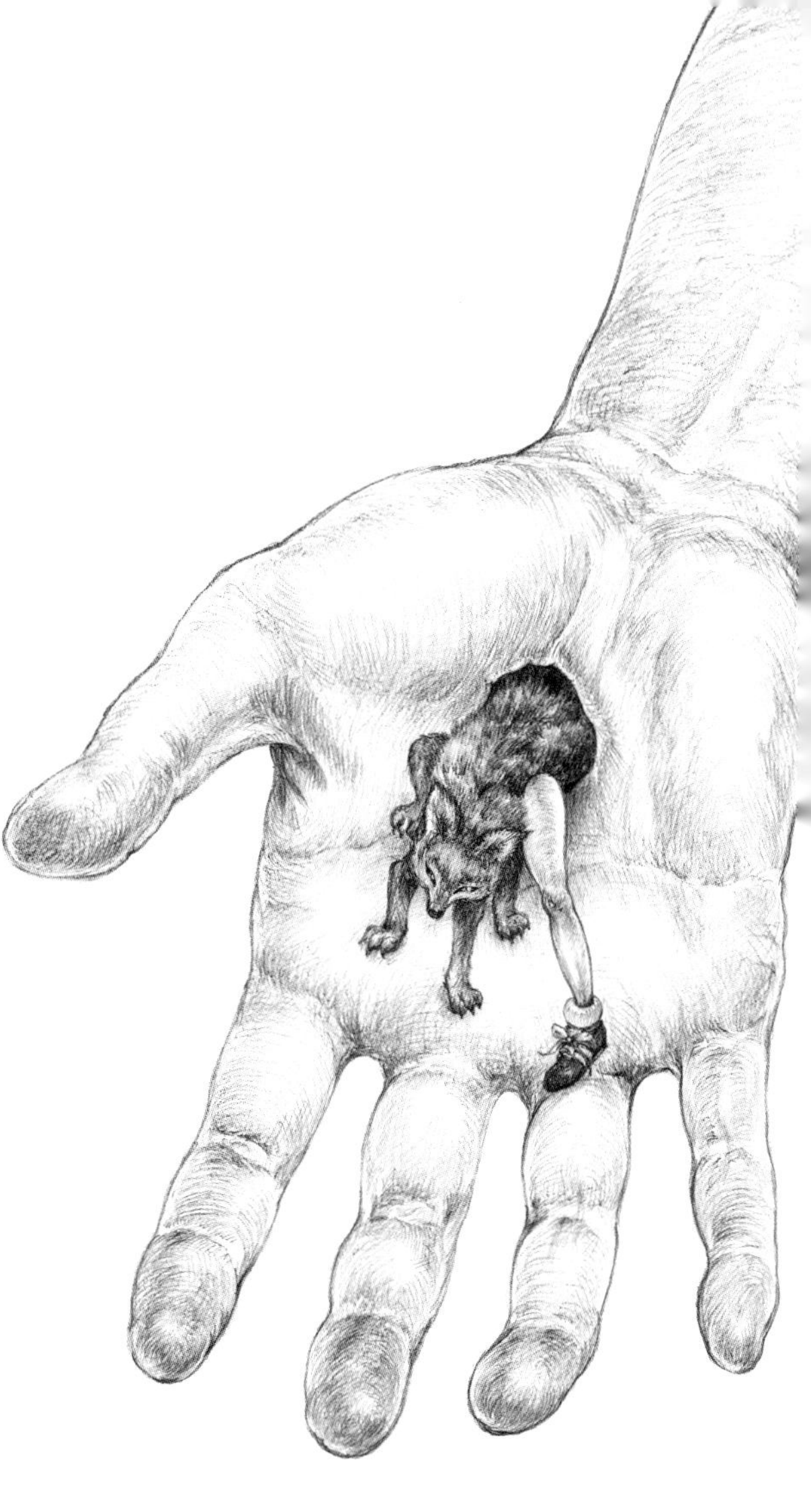

を、われわれが救《すく》ってきたのです。したが、このままでは死《し》んでしまう。いのちだけは助《たす》けてやりたい。母上《ははうえ》、どうぞして助《たす》けてやってくださいませぬか。」

見《み》ると、女《おんな》は畳《たたみ》の上《うえ》に投《な》げ出《だ》されたまま、ぐったりして動《うご》くことができない。雨《あめ》に濡《ぬ》れた長《なが》い黒髪《くろかみ》がみだれて、その一房《ひとふさ》が顔《かお》にぺたりと貼《は》りついている。美《うつく》しい顔《かお》である。ただ美《うつく》しい顔《かお》というだけでは、あまりにも素《そ》っ気《け》なく抽象的《ちゅうしょうてき》ないいかたのようであるが、どこといって個性《こせい》のない、人形《にんぎょう》のような白《しろ》い顔《かお》は、ただ美《うつく》しいとしかいいようがなかった。目《め》を閉《と》じているせいかもしれないが、ちょっと人間《にんげん》ばなれしているほど個性《こせい》がないのである。袿《うちき》の胸《むね》がはだけて、陰翳《いんえい》をもった乳《ちち》のふくらみがのぞけている。裳《も》はひるがえって、ふくらはぎの一部《いちぶ》を見《み》せている。それを自分《じぶん》でつくろおうともしないのだから、かなりの重傷《じゅうしょう》で弱《よわ》っているのにちがいない。

たしかにその通《とお》りで、女《おんな》の両《りょう》の掌《てのひら》は穴《あな》があいて血《ち》が吹《ふ》き出《だ》しており、むき出《だ》しの足《あし》も、左右《さゆう》とも痛《いた》ましく穴《あな》をうがたれて鮮血《せんけつ》にまみれていた。ぐったりしているのは貧血《ひんけつ》のためと思《おも》われた。

悪党《あくとう》にいたぶられたという息子《むすこ》の説明《せつめい》を、北《きた》の方《かた》はかならずしもそのまま信《しん》じなかったけれども、この重傷《じゅうしょう》を負《お》った瀕死《ひんし》の娘《むすめ》を目《め》の前《まえ》に見《み》ては、すすんで手《て》あてをしてやらないわけにはいきかねた。

自分《じぶん》の寝所《しんじょ》にはこんで、北《きた》の方《かた》は一晩《ひとばん》じゅう、娘《むすめ》のそばについていた。傷《きず》を洗《あら》って布《ぬの》でしばり、あふれる血《ち》をとめてやった。すでに肌寒《はだざむ》い季節《きせつ》だったから、火桶《ひおけ》に火《ひ》を入《い》れて部屋《へや》をあたためた。娘《むすめ》はしばら

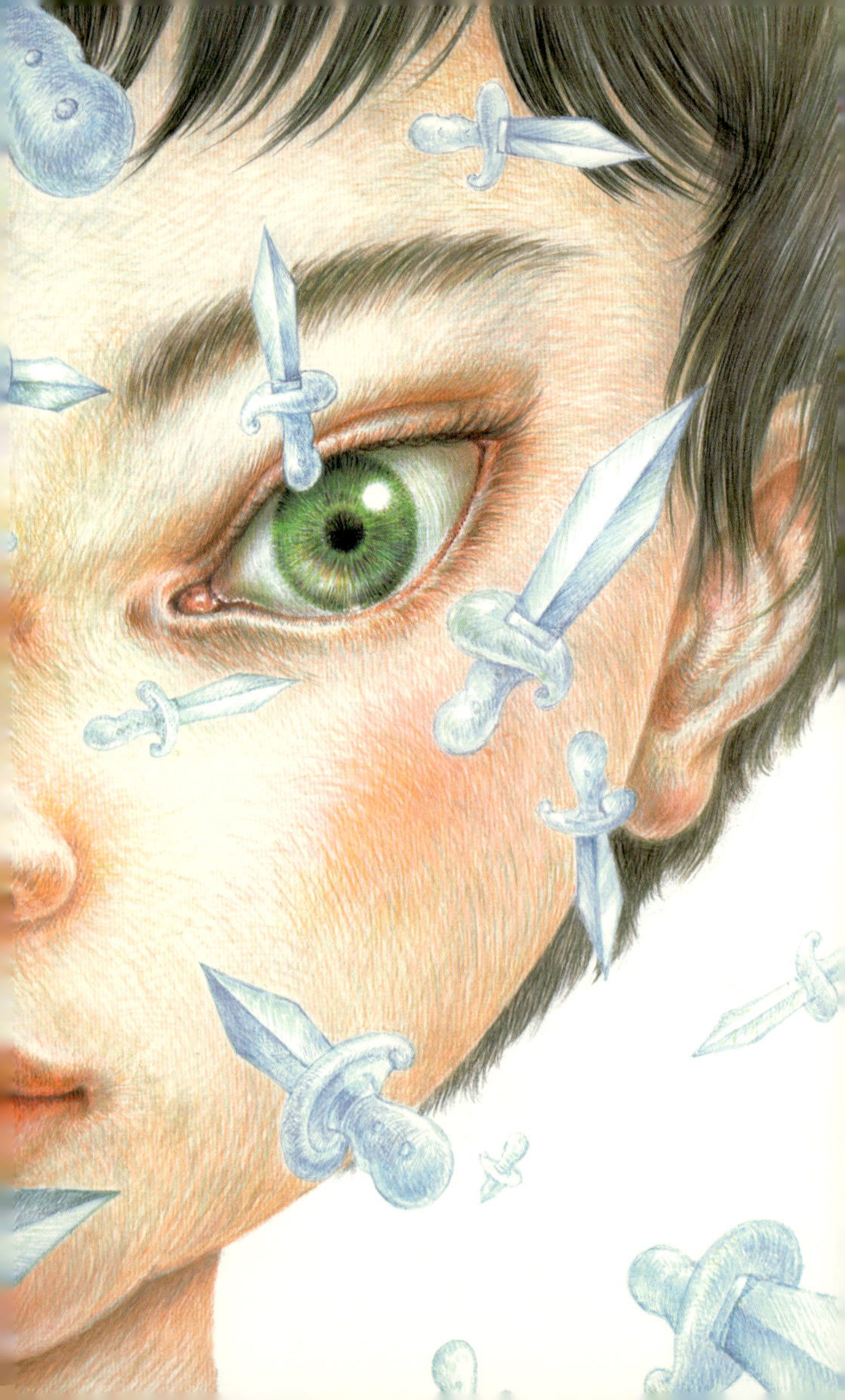

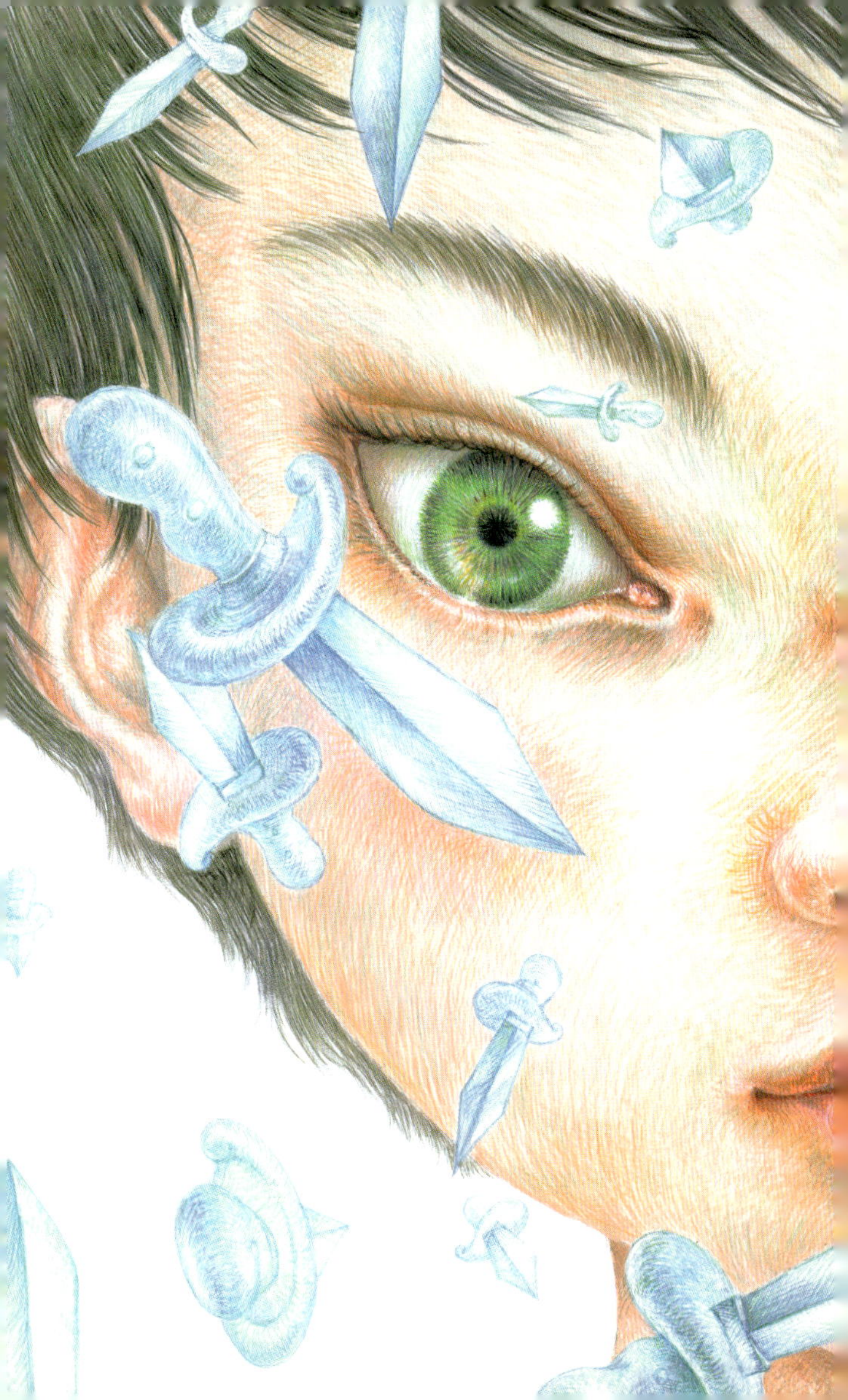

くすると、無患子《むくろじ》の実《み》のような黒《くろ》い瞳《ひとみ》の勝《まさ》った、大《おお》きなまるい目《め》を驚《おどろ》いたように見《み》ひらいたが、介抱《かいほう》している北《きた》の方《かた》に対《たい》してはなんの挨拶《あいさつ》もなく、礼《れい》のことばも述《の》べなかった。不安《ふあん》げなようすで、しきりにからだを小《こ》きざみに震《ふる》わせながら、褥《しとね》のなかにちぢこまっているきりだった。こうして横《よこ》になっているところを見《み》ると、思《おも》いがけないほど小《こ》柄《がら》な女《おんな》だった。それにしても、泣《な》くでもなし、うめくでもなし、ただ一晩《ひとばん》じゅう、唖者《あしゃ》のように押《お》しだまってこちらの顔《かお》を見《み》つめているばかりの女《おんな》に、北《きた》の方《かた》はやがて無気味《ぶきみ》さを感《かん》じるまでになった。

隣《とな》りの部屋《へや》では星丸《ほしまる》がいっかな眠《ねむ》れぬらしく、ときどき咳《せき》ばらいしたり、やけに勢《いきお》いよく寝《ね》がえりを打《う》ったりする音《おと》がしていた。

北《きた》の方《かた》の寝所《しんじょ》には、枕《まくら》もとに古《ふる》い月次《つきなみ》の屏風《びょうぶ》が引《ひ》きめぐらしてある。

なんの祭礼《さいれい》か知《し》らないが、小《ちい》さな男女《だんじょ》の人物《じんぶつ》たちが花笠《はながさ》をかぶって、手《て》拍子《びょうし》そろえて踊《おど》っているところが大和絵《やまとえ》ふうに細密《さいみつ》に描《えが》かれている。北《きた》の方《かた》にとっては飽《あ》きるほど見慣《みな》れた絵《え》であるが、ようやく眠気《ねむけ》がさしてきた目《め》でふと見《み》ると、その絵《え》のなかの小《ちい》さな男女《だんじょ》の顔《かお》が、いずれも狐《きつね》の顔《かお》になっているのには彼女《かのじょ》も驚《おどろ》いた。おや、またむかしの癖《くせ》が出《で》たか。それとも、いつのまにか眠《ねむ》って夢《ゆめ》でもみたか。そう思《おも》っているうちに、ほどなく彼女《かのじょ》は本当《ほんとう》に眠《ねむ》ってしまった。

朝《あさ》になった。

奥《おく》まった寝所《しんじょ》にも、わずかに漉《こ》されたような陽《ひ》の光《ひかり》がはいってくる。その光《ひかり》のなかで、北《きた》の方《かた》はただちに昨夜《さくや》のことを思《おも》い出《だ》し、つい隣《とな》りの褥《しとね》で寝《ね》ているはずの若《わか》い女《おんな》のほうに目《め》をやった。

女《おんな》はいなかった。いや、女《おんな》の寝《ね》ていた場《ば》所《しょ》に、女《おんな》のかわりに一匹《いっぴき》の狐《きつね》が横《よこ》たわっていた。まるい目《め》と、とがった口《くち》と、ふとい黄金色《こがねいろ》の尾《お》をした正真正銘《しょうしんしょうめい》の狐《きつね》であるが、これが昨夜《さくや》の女《おんな》であることには疑問《ぎもん》の余地《よち》がなかった。前後《ぜんご》の四《よっ》つの足《あし》に、北《きた》の方《かた》が巻《ま》きつけてやった血《ち》どめの白布《さらし》を見《み》てとることができたからである。その表情《ひょうじょう》にも、どこといって特徴《とくちょう》のない昨夜《さくや》の女《おんな》のおもかげを認《みと》めることができるような気《き》がした。

それればかりではなく、北《きた》の方《かた》はこの狐《きつね》の表情《ひょうじょう》に、もう十年以上《じゅうねんいじょう》もむかし夢《ゆめ》のなかでしばしば見《み》た、あの自分《じぶん》が産《う》んだ狐《きつね》の子《こ》のおもかげをもはっきり認《みと》めることができるような気《き》がした。この狐《きつね》は自分《じぶん》の子《こ》ではないか。その気持《きもち》はだんだん確信《かくしん》に近《ちか》くなった。

この子《こ》は星丸《ほしまる》の手《て》に渡《わた》してはならない。どうしても渡《わた》してはならない。もし渡《わた》したら、どんなおそろしいことになるか知《し》れない。北《きた》の方《かた》がそう思《おも》ったのは、あながち血《ち》の混淆《こんこう》を憂《うれ》える母《はは》としての感情《かんじょう》からばかりではなかった。むしろ彼女《かのじょ》の心《こころ》に突如《とつじょ》として、かつて狐《きつね》の幻影《げんえい》と親《した》しみ合《あ》った日々《ひび》の思《おも》い出《で》がよみがえったのだと考《かんが》えたほうが正《ただ》しいだろう。

一瞬間《いっしゅんかん》も躊躇《ちゅうちょ》せず、北《きた》の方《かた》は秋《あき》の野原《のはら》に狐《きつね》をはなしてやった。そして気落《きお》ちしたような顔《かお》をしていると、入《い》れちがいに部屋《へや》にはいってきた星丸《ほしまる》が、これを見《み》とがめて、

「母上《ははうえ》、なにをされた。」

「わたくしが逃《に》がしてやりました。」

「これはしたり。なにしに、お逃《に》がしになった。」

母《はは》の答《こたえ》をも待《ま》たず、あたふたと外《そと》へはしり出《だ》した星丸《ほしまる》の目《め》のなかには、すでに憑《つ》かれた男《おとこ》の狂《くる》ったような色《いろ》しか読《よ》みとれなかった。

その翌日《よくじつ》、夜来《やらい》の雨《あめ》が晴《は》れて、露《つゆ》のしたたる秋草《あきくさ》の咲《さ》きみだれた洛北《らくほく》の野原《のはら》に、星丸《ほしまる》と女《おんな》とがいつ果《は》てるともない愛撫《あいぶ》を交《か》わしていた。母《はは》にはてっきり狐《きつね》に見《み》えた女《おんな》だったが、星丸《ほしまる》にはあくまでも女《おんな》にしか見《み》えない女《おんな》であった。女《おんな》が野原《のはら》に腰《こし》をおろせば、さしてゆたかでもない少女《しょうじょ》めいた臀《しり》が、それでも萩《はぎ》や女郎花《おみなえし》の花々《はなばな》を重《おも》みで押《お》しひしいだ。

横《よこ》ずわりになった女《おんな》の緋《ひ》の裳《も》に頭《あたま》をのせて、星丸《ほしまる》は草《くさ》の上《うえ》に長々《ながなが》とからだをのばしていた。女《おんな》が笑《わら》いながら上《うえ》から顔《かお》を近《ちか》づけて、その唇《くちびる》を男《おとこ》の唇《くちびる》に重《かさ》ねようとする。もう少《すこ》しで重《かさ》なるというとき、ふっと口《くち》から白緑《びやくろく》の玉《たま》を吐《は》き出《だ》して、口移《くちうつ》しに男《おとこ》の口《くち》へ入《い》れる。と思《おも》うと、女《おんな》はふたたび舌《した》で玉《たま》を取《と》りもどし、自分《じぶん》の口《くち》のなかにふくむ。それからまた男《おとこ》の口《くち》へもどす。また自分《じぶん》の口《くち》へ受《う》ける。そんなたわいもないことを繰《く》りかえしているのが筆舌《ひつぜつ》につくしがたいほどの快感《かいかん》で、舌《した》でからめて口《くち》から玉《たま》を出《だ》したり入《い》れたりするたびに、星丸《ほしまる》はおのれの神経《しんけい》のすみずみにまで、甘美《かんび》な戦慄《せんりつ》がさざ波《なみ》のように走《はし》るのをおぼえるのだった。いつまでもこうしていて、そのまま死《し》んでしまってもいいと心底《しんそこ》から思《おも》うほどの陶酔境《とうすいきよう》だった。

こうして二《ふた》つの唇《くちびる》が接近《せつきん》したり離《はな》れたりしているうちに、やがて星《ほし》

丸《まる》の唇《くちびる》は目立《めだ》って蒼白《あおじろ》く血《ち》の気《け》を失《うしな》ってゆき、その呼吸《こきゅう》さえ間遠《まどお》に途《と》絶《だ》えがちになってきた。一方《いっぽう》、女《おんな》の唇《くちびる》はつやつやと血《ち》の色《いろ》にかがやき、その頰《ほお》は上気《じょうき》して匂《にお》やかな桜色《さくらいろ》に染《そ》まった。そして、最後《さいご》にあえぎながら女《おんな》が玉《たま》を嚥《の》みこむと、男《おとこ》は真蒼《まつさお》になって死《し》んでいた。陶酔《とうすい》がきわまって、女《おんな》はこのとき思《おも》わず裳《も》のなかに、黄金色《こがねいろ》のしっぽの先《さき》をちょろりと垂《た》らしていた。

こう、こう、こうと高《たか》く鳴《な》きながら、一匹《いっぴき》の雌《め》狐《ぎつね》が北山《きたやま》をめざして洛北《らくほく》の野《の》を駆《か》けていったのは、それからしばらくしてのことである。彼女《かのじょ》の体内《たいない》には、すでに小《ちい》さいながら狐玉《きつねだま》が成長《せいちょう》しはじめていた。

編者註＝本文原文の表記「三宝」は「三方」に改めた。

【使用原画一覧】

〈カバー絵〉

「Knifer Life」
2001年制作(部分)/写真=中道 淳(Naćasa&Partners)

〈裏見返し絵〉

「Knifer Life」
2001年制作(部分)/写真=中道 淳(Naćasa&Partners)

〈扉絵〉

無題
2004年制作

〈挿絵〉

「Knifer Life」習作
P.64〜65/2001年制作

無題習作
P.72〜73/2004年制作

＊その他の絵はすべて本書のための描き下ろし作品である。
《協力=ミヅマ・アートギャラリー》

【あとがきにかえて】

存在の不安

澁澤龍彦

他者との分離経験

ご承知のように、アミーバは分裂によって繁殖する。つまり、一匹の「母アミーバ」が、そのまま二匹の「娘アミーバ」に変化するわけである。したがって、分裂後は、固体としての「母アミーバ」の存在は消えてなくなるわけだが、そんなことは彼らにとって問題ではないらしい。彼らは種の保存のために、すすんで固体を犠牲にする。といっても、彼らには固体の死ということはないのだ。なぜなら、分裂は死ではないからである。

進化の過程が進んで、有性動物になると、この関係が逆転する。動物が雌と雄に分かれると、たちまち自己保存の本能、つまり個体維持の本能があらわれてくる。ということは、雌雄が生殖のために一時的に結合し、ふたたび離れて別々に死ぬということだ。分裂するアミーバは決して死なないが、交尾する犬や猫は、必ず死ぬのである。存在の孤独ということは、たぶん、ここから由来するのだろう。欠けているものを満たすために、分離によって生じた不安を逃れるために、男女は互いに結合するわけであるが、束の間《つかのま》のオルガスムが過ぎれば、ふたたび独立した別の個体として、互いに離れなければならない。そうして、自分の意志に反して死ななければならない。もちろん動物も死ぬが、死ぬことを知っている動物は人間だけである。人間は自然を離れ、自然の楽園を追い出されてしまった唯一の動物であろう。人間の孤独の意識、実存の意識にともなう不安は、すべて、人間が誕生とともに世界から切り離され、だんだん他人から分離して行くという、自己の経験によって知った事実から生じるのだ。

この分離という経験が、人間の意識の発達にとって、いかに大きな意味をもつかということを、次に説明したいと思う。人間は誕生してから大人になるまでのあいだに、いろいろな対象物から、次々に切り離されて行く自分を知るのである。切り離されることによって、他者を認識し、世界を認識し、実存の意識に目ざめるのが、人間という悲しい存在の宿命である。

子宮、乳房、ペニスからの分離

子宮のなかの胎児は、母親と一体になって生きている。これこそ、絶対的ナルシシズムのユートピア、まだあらゆる分離を知らない以前の、自然と一体になった人類の黄金時代ともいうべき、幸福な時期である。

しかし、やがて子供は子宮から外へ出なければならない。誕生するということは、子宮から自分を切り離すということである。臍の緒を切られて、母親の身体とは別の存在になることである。まだ自意識はないながら、子供にとって、それがいかに怖ろしく、ドラマティックな経験であるかは、心理学者オットオ・ランクの「誕生の外傷《トラウマ》」に関する研究によっても知られるだろう。

ランクによれば、マゾヒストが苦痛を愛するのは、「出産時の疼痛の快適な感覚」を再現したいと思うからなのだそうである。こうしてあらゆる倒錯は、母体内における胎児の状況から説明される。もっとも、この説はあまりにも単純で、近年、多くの学者によって批判されている。しかし住み心地のよい子宮へのノスタルジーが、成人してのちも、なお多くの人間の精神生活を支配していることは、疑い得ない事実だろう。

さて、誕生した子供が、最初にぶつかる対象物は、申すまでもなく母親の乳房である。フロイトによれば、この時期は、しゃぶることが快感をなす「口唇《こうしん》愛期」と呼ばれる。

「母親の乳房を吸うことは、性生活全体の出発点となり、後年のあらゆる性的満足の類のない手本となる」のだ。無理に乳房を引き離されれば、赤ん坊は火がついたように泣きわめき、十分に乳を吸えば、満ち足りた表情ですやすや眠る。

小児がしゃぶる行為をおぼえるのは、栄養物を摂取する際であるが、そのうち、しゃぶる行為それ自体によって、快感が得られることを知るようになる。乳房のみならず、自分の指をしゃぶるようになる。母親がこれを禁止すれば、そこにフラストレーション（欲求不満）が起こるのは当然だろう。欲求不満と満足が代る代るやってきて、やがて離乳の時期になる。

今まで子供にとっていちばん大事だった乳房が、彼の口から残酷に引き離されるのである。下手に離乳させられた小児が受けるショックは、ずっとあとになって、重大な神経症の原因となることもある。この離乳コンプレックスの一種に、しゃぶりコンプレックスというのがあるが、これは、母の乳房への激しいノスタルジーを保存し、男の場合には、飲酒や喫煙に対する強い誘因をともなうという。

子宮から分離し、乳房から分離させられた子供は、その次の段階には、どんな対象によって分離の意識を味わわねばならないだろうか。それは、彼自身のペニスによってである。

一般に、子供は成長のある段階までは、周囲のすべての人間を、自分と同じ肉体的なイメージによってしか、表象することができない。自分にペニスがあれば、母親にもペニスがあるだろうと想像する。これが精神分析学で言うところの、「男根のある母親」像である。男の子にとって、男根は非常に早くから、一種の象徴的な価値をもった対象物なのである。重大なのは、何かの折に、女の子の性器を見て、自分と同じ子供にもペニスがない場合があることを発見する時であろう。すでに自分のペニスに興味をいだき、ペニスがあることに誇りを感じていた男の子は、ここで、不安にみちた深刻な疑問に取りつかれる。「どうして女の子には、あれがないいんだろうか？　ぼくもひょっとすると、あれを無くしてしまうようなことがあるかもしれない。切られてしまうようなことがあるかもしれない……」

人間存在の基本的な不安が、男の子の心に、こんな形で目ざめるのである。これもまた、明らかに分離の経験と言えるだろう。

この去勢コンプレックスは、女の子にとっては「ペニス羨望《せんぼう》」という形であらわれる。「なぜあたしにはあれがないいんだろう？　もしかしたら、あたしは駄目《だめ》な人間なんじゃないかしら？　それで、罰としてあれを切られてしまったんじゃないかしら？」

去勢コンプレックス

男の子の場合も女の子の場合も、ペニスの有無が、彼らに存在の不安を意識させる重大なモメント（契機）となるのだ。とくに男の子にとって、このふしぎな玩具を手でいじりたいという誘惑に抵抗することは、なかなか困難であろう。しかもこれを手でいじれば、大人たちは声を荒らげて叱るのである。「そんなことをすると、鋏で切ってしまいますよ」と。

教育上の目的で、こういう脅しの手を使うのは、たいてい母親である。子供がマスターベーションに罪悪感をおぼえるようになるのも、こんな悪い教育のせいである。去勢の不安が、幼児のオナニズムの時期にいたって、ますます激しくなるのは当然だろう。

この去勢コンプレックスは、見方を変えれば、かつて父親の権力が絶大であった原始共同体の頃の記憶が、集合的無意識として残存しているもの、と考えることもできよう。原始共同体における息子たちの運命は、苛酷なものであった。もし彼らが母親や妹に手を出して、父親の嫉妬を招くなら、打ち殺されるか、さもなければ現実に去勢されたのである。ユダヤ人や回教徒の割礼は、これを象徴的な儀礼として行なったものにすぎない。

こうした見地から眺めれば、今まで説明してきた去勢の不安が、すべて父と子のエディプス的な状況に起源を有していることは明らかであろう。この状況に直面した男の子は、結局、二つの異なる態度をとることを余儀なくされるようである。

すなわち、第一の態度は、自分と父親とを同一化して、父親のように母親に接すること。第二のそれは、母親に代って父親に愛されようとすること。

むろん、子供が自分と父親とを同一化すれば、やがて父親の存在が邪魔になり、母親への愛を父親と争おうという気になるのは、これまた当然の成行であろう。去勢の不安は、要するに、自分の敵である父親、母親を中心として敵対している父親に対する、漠然とした恐怖の感情の反映であった。

子供にとって、男女の性器の相違がいかに大きな関心事であるかを示す、おもしろいエピソオドを次に紹介しよう。マルク・オレゾンの『性の人間的神秘』（一九六六年）という本に出ているエピソオドで、この医者であり神学博士である著者が、親しくしている家庭の主婦から、直接聞いた話だそうである。

五歳ばかりの少年が、あるとき幼稚園から帰ってくると、昂奮《こうふん》した面持で、母親に向かって、こう言った。

「お母さん、ぼくね、神さまがどんな風にして世界を創ったか、今日、分かっちゃったよ」

「まあ、ほんと？　いったい、どんな風にして創ったの？」

「あのね、神さまは最初、アダムを創ったんだよ。その次に、アダムが退屈するといけないから、アダムの寝ているうちに、肋骨《ろっこつ》を一本取って、イヴを創ったの。だけど、材料が足りなくて、オチンチンが出来なかったの。でも、いい塩梅《あんばい》に、イヴには髪の毛がいっぱいあったでしょう？　それで髪の毛を一束《ひとたば》抜いて、あそこに植えて、イヴに分からないように、うまく誤魔化《ごまか》しちゃったのさ！」

五歳の少年の頭が考え出した、このみごとな天地創造説を聞かされて、少年の母親は、果たしてどんな顔をしたであろうか。少年は、自分とくらべて不完全な母の性器の秘密を、推理によって見破ったつもりなのである。

エーリッヒ・フロムによると、聖書のアダムとイヴが、智慧《ちえ》の木の実を食べてから、急に羞恥《しゅうち》と罪責の感情を味わうようになったのも、彼らが自然との調和から彼ら自身を離脱させて、人間となったからだという。つまり、彼らは自然の動物的な状態から分離して、裸の男と女になってしまったのであるが、まだ互いに愛し合うということを知らなかったので、どうしてよいか分からず、突然の羞恥と不安に襲われたわけである。アダムとイヴにとっては、それこそ実存的な目ざめであった。

生の非連続性

ところで、男と女の分離について言うならば、まず第一に思い出すべきは、プラトンの「愛慕《あいぼ》の説」であろう。

プラトンによると、原初の人間は両性具有であって、その容姿は球形であった。ところが、傲慢《ごうまん》な人間どもが神々に逆らって、天上へ攻めのぼろうとしたので、ゼウスが怒って、彼らの身体を二つに切断してしまった。

それ以来、人間は元の姿が二つに断ち切られてしまったので、それぞれ自分の半身を求めて、ふたたび一身同体になろうと熱望するようになった、というのである。

この古い神話は、じつに貴重な示唆《しさ》をふくんでいる。エロスの働きは、この二つに分離した男と女を、ふたたび一つに結合させようとする、失われた統一への郷愁なのである。

たぶん、人間の最も深い欲求は、この分離を何とかして克服し、存在の宿命的な孤独地獄から逃れようという欲求なのであろう。

バタイユが生の非連続性という言葉によって表現したのも、このような人間相互間の分離の意識であろう。

二つの個体のあいだには、越えられない深淵があり、非連続性があるが、ただ生殖の瞬間にのみ、非連続の存在に活《かつ》が入れられ、二人の恋人同士は、連続性の幻影をちらと見るのだ。

しかしバタイユにとって、窮極《きゅうきょく》の連続性とは死にほかならず、死の魅惑がエロティシズムを支配している。

エロティシズムとは、死に向かう暴力であり、禁止に対する侵犯であるという考えを、バタイユはあくまで頑固に主張する。

分離によって生じた不安から逃れるための、人間の絶望的な努力は、昔から、いろいろな形で知られてきた。それらの試みは、すべてエロティシズムと深い基盤で結びついている、と称してよい。

克服への試み

たとえば、世界中いたるところで見られる古代の犠牲宗教の乱痴気騒《らんちきさわ》ぎは、その最も典型的な形式であろう。神聖な祭の日には、あらゆる禁止が解除され、ひとびとは動物を殺し、酒を飲み、集団的な憑依《ひょうい》状態におち入って、男女入り乱れての大騒ぎを演ずる。

こうした熱に浮かされた、魂の高揚《こうよう》した状態では、よそよそしい外の世界は消滅し、不安な分離の感情も消え、誰もが一つの集団に融合したような気分になるのである。

フレイザーが『金枝篇《きんしへん》』のなかで取り上げているように、ギリシアのディオニュソス酒神祭も、エジプトや近東地方の大地母神祭も、ロオマの農神祭も、あるいは世界各地の淫靡《いんび》な男根崇拝の祭礼（むろん日本にもある）も、すべて血みどろの犠牲の密儀をともなった、死と復活の祭だったのである。また、ヨーロッパ中世の夜宴《サバト》と呼ばれた、いわゆる妖術使や魔女たちの深夜の集会も、社会の不平不満分子によって企図された、不安な現実を忘れるための、非合法の大乱痴気騒ぎであった。そこでは、昂奮を高めるために、麻酔剤のベラドンナという植物を利用して、男女が入り乱れて踊り狂ったのである。

ロオマ皇帝ネロとか、イタリアのボルジア家の殿様とか、サド侯爵とか、ラスプーチンとかいった天才的なエロティシズムの演出家によって主宰された、ひそかな密室の大饗宴の例も、歴史的に知られている。

彼らもまた、乱交や痛飲やサディズムや、その他さまざまな淫蕩《いんとう》行為によって、分離の不安を強引に克服しようと試みたのだった。

こうした絶望的な試みは、二十世紀の現代でも、黒人の狂熱的なジャズ演奏や、マリファナ、LSDなどの麻薬の助力によって執拗に繰り返されている。アメリカのビートニクの乱交パーティーも、全学連のデモも、ある意味では、集団的な陶酔による、分離の不安の克服への努力と見ることができよう。

二十世紀に残された最後の犠牲宗教たる、ハイチ島の原住民による奇怪なヴォードゥー教も、殺した動物の血を信者たちの頭に注ぎ、音楽とともにエロティックな踊を踊るといった、きわめて興味ぶかい集団的な陶酔の宗教である。

バタイユによれば、動物を殺すことによって成立する犠牲と、人間のエロティックな行為とは、よく似ているのだ。男は犠牲を捧げる司祭であり、女は殺される動物である。

「決定的な行動は裸にすることである。裸体とは、閉ざされた状態、つまり、非連続的な生存の状態に対立するものだ。裸体は一種のコミュニケーションの状態であって、反省の彼方に、存在の可能な連続性の探求を啓示するのである。私たちに猥褻感をあたえる、この秘密の通路から、肉体は連続性に向かって開かれる。」

犠牲を捧げる男は短刀をもっており、女を征服する男はペニスをもっている。殺《さつ》戮《りく》の過程も、肉欲の行為の過程も、最後はつねに対象の死、つまり肉の痙攣《けいれん》によって終わる。エロティシズムと死との相似《そうじ》形《けい》は、この場合、あまりにも明瞭であろう。

【鴻池朋子をめぐって】

現代美術界のシャーマン

三潴末雄

二〇一一年三月八日に、ミヅマアートギャラリー市ヶ谷・三階の神楽サロンで、翌日から始まる鴻池朋子展「隠れマウンテン　逆登り」のプレビューを兼ねた食事会を催した。

美術関係者やコレクターなど四十名を集めた小宴であったが、出席者からは鴻池の新作に高い評価をいただき、気持ちよく酔うことができた。だれもが三日後に起こる東日本の大惨事など、想像だにできずに楽しんでいたのだった。

鴻池の新作は、八枚の襖を二段組みにした画期的な作品であった。下段四枚には、五匹の狼が光る丸い玉に群がり、上段四枚には、三匹の狼が同じように光る玉に群がっている。右横には大きな鹿が横たわり、狼の足は人間のようにも見える不思議な襖絵だ。

裏側に廻って襖絵を見上げると、ここにも絵が描いてあるが、どうやら巨大な鼻と口が逆さまに描かれているのだ。絵のタイトルは展覧会と同じで「隠れマウンテン　逆登り」。

昔から襖絵は、敷居に並べて鑑賞されてきたが、鴻池はこの常識を破り、二段重ねにして一枚の襖絵として完成させたのだ。襖の両脇に柱を天井まで組み、そこに敷居と鴨居を二段仕込みにして襖絵を展示したのだ。

市ヶ谷のミヅマアートギャラリーは、天井高が六メートルあるのでこのような展示が可能だった。ただスケールがここまでくると、展示はギャラリースタッフの手に余り、東京スタジオのプロの手を借りなければならなかった。床に柱を固定させるためにビスを打って、強度を増したいとの要請に頭を抱えた。賃借物件なのに床に穴を開けていいものだろうか。その時に、これまでの鴻池の展覧会は魑魅魍魎《ちみもうりょう》が騒ぐことが多かったことを思い出し、万一地震でも起きて作品がダメージを受けてはと思って、ビス打ちを認めた。

展覧会開催開始の翌々日の三月十一日に、東日本大震災が発生するとは思いもしなかった。東京も震度五強で大きく揺れた。その時、わたし自身は、十日から山口晃の個展（ジャパン・クリエイティブ・センター）のためにシンガポールに出張に行っていて、地震には遭遇しなかったが、鉄骨構造の市ヶ谷のギャラリーは激しく揺れた。作品を心配したスタッフが「隠れマウンテン　逆登り」の襖絵の前に立っていると、上の段の敷居にはめた二枚の襖絵が外れて、床に落ちてきた。その目撃談によれば、襖はひらひらと落下し、床にふわっと落ちたそうである。幸いにして襖絵は大事にいたらずにすんだ。

この話を後日聞いたとき、ビス打ちを認めて良かったと、あらためて思った。

また襖は、地震国日本で生まれた生活の知恵の産物だったのだということを、再認識した。

日本の家は、木と紙で作られた家屋だと西洋からは馬鹿にされてきたが、この材料は日本では簡単に入手可能な素材で、火には弱いが建物の崩壊時に圧死の難を避けられ、しかも再建が容易な構造だということがわかった。絶えず起きる自然災害の連続のなかで培われてきた知恵の数々が、近代化の過程で喪失されていくのは、寂しい話だとも思った。

前置きが長くなったが、鴻池朋子が挿絵を担当した澁澤龍彦の小説「狐媚記」(『ホラー・ドラコニア 少女小説集成』)が、平凡社ライブラリーに入ることになり、現代アート界のカリスマ会田誠や山口晃に次いで、もう一人のカリスマ的存在である、鴻池朋子の紹介文も書くことになった。鴻池朋子も、本シリーズの挿絵を描くことにより、その表現の幅を拡げることができた作家の一人である。

小説の忠実な添え物的存在に見られがちな挿絵だが、実際にそうしたものが跋《ばっ》扈《こ》しているのも事実だ。だが、このシリーズで責任編集者の高丘卓氏が画家に要求してきた挿絵のスタイルは、一種のサブリミナル装置としての挿絵であり、画家が単純に、物語に添って絵を描けばいいという代物でなかった。

『ホラー・ドラコニア』での挿絵の意味は、澁澤龍彦の作品にインスパイアされた画家が、独自の想像力を駆使し表現するのはもちろん当然のことだが、そこに滞らずに、さらにそれぞれの画家の世界観と澁澤作品の物語とを、遠く宇宙の闇の彼方で婚姻させ、一見ストーリーとは関係のない、あたらしい別の生き物を出産させるような、そんな生き生きとした挿絵を描き出すという、相当に高度なコンセプトが突きつけられていたのである。

しかも本文の刷色はオールカラーではないので、四色頁（挿絵）と一色頁（活字）の台割上の配分も決まっている。どこに挿絵を入れるかがあらかじめ限定されているので、画家が当てずっぽうに、気に入った文章に、気ままに絵を添えるわけにはいかなかった。

結果的に、この仕事によって高い評価を得た鴻池朋子（と山口晃）には、その後も挿絵の仕事がいろいろと舞い込んだ（山口晃については平凡社ライブラリー版『菊燈台』巻末の筆者の【山口晃をめぐって】を参照してほしい）。鴻池は「週刊文春」に連載された、桜庭一樹の小説『伏　贋作・里見八犬伝』（文藝春秋社）の挿絵を二〇〇九年から一年間担当した。そこでも見事に、鴻池ワールドを展開したのだった。

山口晃のときもそうだったように、『狐媚記』の挿絵を手がけるにあたって、はじめ鴻池は小説全体を読み、スケッチ風に挿絵を描いてみた。それを平凡社に持って行って、高丘さんと打ち合わせた。しかし「こういうことではないんだ」と突っ返される。このとき心配した高丘さんから連絡をもらった。主な理由は、絵が小説の時代背景や物語に捕らわれすぎている、というものだった。「物語や作家に遠慮があると、先に進まないと思うのですが……」

鴻池朋子を高丘さんに推薦したのはわたしである。「もうすこし打ち合わせを重ねてみて下さい。鴻池は必ず良い応えを出すから」と、即座に返答したのは、わたしには鴻池のこれまでの数々の作品制作をとおして、鴻池の才能に確信があったし、また鴻池の幻想世界が澁澤ワールドとシンクロして、必ず挿絵のコンセプトである「別の生き物」を生み落とすだろうという自信があってのことだった。

このときの経緯ともからむと思われるので紹介するが、鴻池は、じつは物語を読むのは苦手《にがて》だったと告白している。読んでいる間に、出てきた活字に気を取られ、そこから妄想が生まれ、前には進めなくなる。だから本を読むのが遅かった。

「ところで私は、長い間本が読めなかった。一つの本を読み終えるのにものすごい時間がかかるか、または最後まで読むことは稀だった。いつも立ち止まって字や挿絵を眺め、印刷の匂いを嗅ぎ、パラパラとページをめくっては閉じ、集中力は続かない。」

ディスクレシア（失読症、難読症）的な状態だったと述懐する鴻池が、しかし読書術を変えることで突然豹変する。

「ある日、やみくもに眼が吸い付いて行く部分から読み始め、途中で止めてはまた違うページをランダムに読む。ということを繰り返していたら、あっという間に全部を読み終えてしまった。その時、本の内容とは別のところで、本の存在自体を解るような、その匂いや手触りを含めて目の前に宇宙が立ち上がってくるくらいの納得を体験して、それから急速に本が読めるようになった。今でも本は初めから読まないいし、最後のページで終わらない。」（鴻池朋子『第0章』大原美術館カタログより）

おそらく『狐媚記』の挿絵に関しても、この読書術に匹敵する創作上のパラダイムの転換があったのだろう。三度目の打ち合わせのとき、一〇三頁に掲載されている挿絵を提示した。前回の平凡社での打ち合わせの帰り道に見かけた小学生の少女を描いた絵だが、この挿絵が壺にはまっており、「そう、これだよ！」と、とうとう高丘さんをうならせた。これが契機となって、一挙に、鴻池朋子の「狐媚記」が形成されていったのである。

平凡社ライブラリー版でも再現された、装丁界の鬼才・鈴木成一氏の美事な装丁による『狐媚記』の表紙や裏表紙に展開した、鴻池の「ナイファーライフ1、

2」をご覧いただきたい。鴻池朋子が澁澤作品に仕掛けられたサブリミナル装置を、激しく発動させていることが納得できるだろう。

オーソドックスな物語には、始まりがありクライマックスで盛り上がり、フェードアウトする。鴻池朋子にはこのような常識は通じない。彼女は閃《ひらめ》きの中で浮かんだイメージを育み、膨らませる。引き出し一杯に溜まったイメージを、自在に取り出しながら作品化する。インスタレーションで、立体やアニメーションや絵画を使いながら、あたかも物語が存在するかのように見せるが、じつは筋書きを混乱させ、物語を拒んできたのだ。

これは彼女の読書スタイルに符合するものだ。鴻池の作品に頻繁に登場する「六本足の狼」や「ナイフ」や「少女たち」。それはイメージであって、あらゆる意味から距離をとろうと企てられている。したがって鴻池の作品には、単純なアレゴリー的な解釈は通用しない。

＊

それにしても、異能の編集者高丘卓を永遠の虜《とりこ》にさせつつ、鈴木成一に美事な造本の錬金術を振るわせ、現代美術界にシャーマンとして呪詛《じゅそ》を吐く鴻池朋子に挿絵を描かせる、また二一世紀に、平凡社ライブラリーの一書として小説を復刊させる澁澤龍彥という作家は、ほんとうに偉大な作家だと、わたしはあらためて瞠目《どうもく》するところなのである。

（みづま　すえお＝ミヅマアートギャラリー・エグゼクティブディレクター）

【解題】澁澤龍彦航海記——霊魂の卵

高丘卓

一六六六年十二月二十七日の朝、ヘルヴェティウスというドイツの有名な医者の家に、実直そうだが、顔つきは横柄で、修道士風のマントを着た、見知らぬ人物がふらりと訪ねて来て「あなたは哲学の石（賢者の石）というものを信じていますか」と訊いた。医者が信じていないと答えると、男は象牙の小箱を開いて、なかに入っているオパールのような三個の小さな物質を見せて「これが有名な石です。これだけの分量で二十トンの黄金がつくれます」と告げ、黄色い物質をぱちんと二つに割って、一方を医者の手にさし出すと「これだけあればあなたには十分でしょう。また来ます」と言って帰ってしまった。

医者が実験してみると、もらった物質で、鉛をガラスに変えることができた。男は二度目にあらわれたとき、さも残念そうに「黄色い蠟に包んでおけばよかったのですよ。そうすればガラスでなく、正真正銘の黄金になったのですがねえ。

明日の朝九時に、奇蹟を実現してあげましょう」といいのこしたきり、二度とすがたを見せなかった。医者が言われたとおりにためすと、こんどは鉛の熔液はたちまち黄金に一変した。この噂をきいた哲学者のスピノザが、その黄金の真贋をたしかめにゆくと、黄金は本物だったそうである……。

なんとも奇妙なはなしであるが、おそらくこの男は、南北朝時代の日本に、木《き》地師《じし》という振れこみでやって来て、左少将に「狐玉《きつねだま》」を手渡した人物と、同一人物と思われる。

「狐玉」のアナロジーとして、江戸時代に流布した、飯綱《いづな》の修法をあやつる行者の伝説について触れておこう。

一六五七（明暦三）年正月十八日、本郷本妙寺で施餓鬼《せがき》に焼いた振袖が空中に舞いあがり、その火が原因で、江戸城本丸をふくむ江戸市中の大半が焼き尽くされた。この明暦の大火から三日後の二十一日、大雪ふりつもるなか、浅草聖天町・剣術指南所の女師匠佐々木留伊の玄関先に、数珠をつまぐり念仏を唱える行者らしき見知らぬ男が訪れた。噂では戸隠山で飯綱の法を修めた狐つかいだという。吹雪ももののとせず、行者はじっとして動かない。

三日目の夜、雪はやみ、お留伊の月のものもやんだので、お留伊は湯屋にでかけた。見ると男のすがたはなかった。湯屋から帰ったお留伊が床につくと、部屋に人の気配がする。あたりを見まわすがだれもいない。気のせいにちがいないと思っていると、うしろからいきなり髪を引っぱられ、髪がばっさりと切り取られたのを感じた。お留伊はあっと声をあげ、落ちた髪を拾おうとすると、髪はくるくると渦巻きに吸いこまれるように、部屋の中を大きく旋回しながら宙に浮かびあがって、見るまに闇に消えていった。

髪切り行者は、その後江戸中にあらわれ、娘といわず女房といわず下女といわず、結いたての髪を好んで切ったという。

なぜ、こんなたわいもないはなしを連ねたかといえば、左少将が観察した「狐玉」と「哲学の石」とが、みかけも性質もそっくりだからである。

左少将は狐玉がもたらされる前に、管狐《くだぎつね》をあやつる飯綱の修法（荼吉尼天《だきにてん》の修法）に熱中していた。たぶんそれが曳《ひ》きがねになって、木地師を呼び寄せたのだろう。左少将のはなしによると、狐玉は、「昼間は一向に見映えのしないただの白い石」だが、夜になると「晃々たる光をはなって、まぶしいばかりの明るさ」になる。「その美しさはあきれるほどで、いくら眺めていても見あきない」。

そうこうしていると、ふたたび木地師があらわれ、狐玉の育成方法を伝授した。ときどき水をそそぐこと、太陽の光に当てないこと、ただし月の光はいくら当ててもよい。いわれたとおりにしていると、そこから霊妙な一種のエネルギーを汲みとるようになり、玉と一心同体となった。左少将はこの狐玉で、数々の欲望と野心を満足させたようだが、そのことについては、なぜか口ごもって詳しくははなさなかった。……

左少将が「狐玉」を手にしたのと同じころ、玉は諸国をへめぐるうち、東方を流浪したとされる秘伝の体得者、かの錬金道士パラケルススにより、宗教革命さなかのヨーロッパに「哲学の石」という振れこみでもたらされる。これが十七世紀以降、薔薇十字伝説として流布したことは、読者も周知であろう。

薔薇十字とは、東方の知（薔薇）とキリスト教（十字）との結合である。この薔薇十字の印章は、宗教改革の父ルター（ルーテル）が印鑑としてつかっていたというから、この玉の影響力には、はかりしれないものがあったのだろう。

薔薇十字と「哲学の石」の伝説は、十六世紀ニュルンベルクの石工異能集団、福音十字団に端を発するともいわれるが、「狐玉」は石や指輪や剣にすがたを変え、さらにケルト神話とシンクロしたワーグナーの楽劇に乗って、十九世紀にはヨーロッパ中に浸透し、二十世紀初頭、ヒットラーにひき継がれたこともまた、周知であろう。いやそればかりか、わたしたちが生きる二十一世紀の今日では、玉は「ハリーポッター」や「リング」のなかで、その威力が世界中の子供たちに刷りこまれている。

戦争好きの大統領ブッシュを、背後操作していたといわれるアメリカ・エスタブリッシュメント層の信仰する宗教が、プロテスタント福音派であるというのは、狐玉との、なんとも不気味な符合といえなくもないが、左少将がうけた「撥ねかえり」のように、狐玉はつかいかたを間違えると、とんでもない結果を惹きおこすのである。

最近、この玉をはこぶ行者がアメリカに出現している。その男は、記憶と時間をあやつる故買屋と名のり、映画「ロスト・ハイウェイ」(デビッド・リンチ監督)に登場する。いやリンチ氏は、よほどこの人物と気が合うらしく、ほとんどすべての映画に、謎の自己韜晦《とうかい》者として介在させているほどだ。

どうやらこの人物、木地師といったり錬金道士といったり故買屋といったりして、時空を越え世界中に出没しているようなのだ。また玉は、指輪や石や剣に変成するばかりでなく、いまでは、ビデオやコンピュータ・システムにすらすがたを変えるようである。

一九六〇年代、澁澤龍彦はヨーロッパ中世の闇に沈潜し、ひたすら「暗黒知」の起源にさかのぼる考古学に熱中していた。その結晶の貯蔵庫というべき著述が

『黒魔術の手帖』（一九六一年・桃源社刊）である。『黒魔術の手帖』のなかの「薔薇十字の象徴」という扉をあけると、冒頭のパラケルスス伝説と、医者ヘルヴェティウスのエピソードに遭遇する。おそらくこれが、「狐媚記」へと変成する以前の、澁澤龍彥の混濁した記憶の原型であろう。

つけ加えておくと、この「狐玉」はまた、平安時代、玉門《ぎょくもん》に納入すれば「いかに身を持すること堅き婦人といえども、一刻ならずして春をさけび精を洩らさざるものはない」とされる、緬鈴《メンリン》と呼ばれた玉と同じ玉であることに相違なかろう。そもそも本朝には、唐物《からもの》として桐の小箱に収められ、博多から抜荷売りの五郎八の手で備後鞆《とも》の津《つ》にもたらされ、その後、鞆の分限者《ぶげんじゃ》、松屋与兵衛の病葉癖のある不良息子与二郎によって、美原梅林の遊女の股間からまんまと盗まれた、あの玉でもあるのだ。

「狐媚記」誕生にさかのぼること二年、澁澤龍彦は作家への変成準備をととのえるかのように、「錬金術夜話」（川崎製鐵ＰＲ誌「鐵」一九八〇年二月完結）を仕上げる。ヨーロッパを覆う暗黒知への、最後の凝縮した考古学的考察であった。

「（万物を変成可能なものと見る）錬金術の自然観では、また鉱物も動物や植物のように、大地から生まれ成長するものと考えられているので、金属の種子というものが存在する。どんな鉱物も、その成熟の最終段階では黄金になるのだ。錬金作業で用いられる小さな球形のフラスコを『哲学の卵』と呼ぶのは、これを子宮と類比しているからにほかならない。エリアーデが鉱物の胎生学と呼んだほど、錬金術には生殖過程あるいはエロティシズムとのアナロジーがきわめて多いのである。」

これは「哲学の石」と「狐玉」との、照応原理によって生みだされた「狐媚記」

への作家註といえよう。つまり、錬金術の鍵ともいうべきはアナロジーであり、鉱物変成の完成形態である黄金製造は、じつは、人間変成の完成形態、理想の人間の製造を暗示しているというのである。物に対するのも生物に対するのも、形而上の世界では同じであり、エリアーデはそれを鉱物の胎生学と呼んだ。さらに興味ぶかいのは「哲学の卵」というアナロジーで、これは万物変成の器としてのフラスコと子宮、つまり石と卵の照応である。

では「哲学の卵」から生じる理想の人間、完成した人間とはどんな生き物であろう。『黒魔術の手帖』のなかの「ホムンクルス誕生」に、パラケルススの『物性について』や『子宮論』という著述の引用があり、その製造法と意義が記されている。

それによると「男子の精液を蒸留器のなかに四十日間密封せよ。液はやがて腐敗し、目に見えて生動しはじめるであろう。その後に人間の形に似たものがあらわれるが、それは透明で、ほとんど実体がない。しかし、この新しい生成物を注意深く人間の血で養い、四十週間、馬の胎内にひとしい一定の温度に保つならば、それは女性から産まれた子供とまったく同じい、四肢のそろった、生きた子供になる。ただし、きわめて小さい」。これがホムンクルスとよばれる、理想の人間の素なのである。彼らは人間以上のもの、精霊に近い生命なのである。この生成物を丹念に育てあげると、半獣人とか、水精として古代人に知られた存在になる。

左少将が生成しようとしていた管狐も、おそらく彼らの仲間であろう。パラケルススは、子宮は閉ざされた世界であり、創造的な精霊の宿る場所にすぎないので、創造的な男性の精液を、女性の子宮とよく似た場所に移せば、女性の肉体を借りなくても、人工的な生命を造出することは可能であると考えていた。これが、

「罪深き死すべき人間に対して、神が啓示したもう最大の秘密のひとつ」である。これは明らかに、男性原理による、女性原理の否定である。いうまでもなく、ホムンクルス生成の失敗は、ぎゃくに女性原理への屈服を意味する。

すでに「狐媚記」のサブリミナル装置は起動したようである。わたしたちは、左少将の深い記憶の底にログインしよう。眠りから覚めないように、影のように無意識のなかにもぐりこむと、虚無と思われる黒い塊に出遭う。その塊から、何かがあふれてしたたりおちた。「狐媚記」が生じた最初の振動である。振動は、播州書写山のふもと、夢前川《ゆめさきがわ》のほとりに建つ館の主が没頭している黒魔術と、嫉妬の婚姻によって呼び出された、大地母神カーリーの使霊ダキーニ（荼吉尼天）のお告げとして、左少将の耳に落ちた。狐玉に封じられた荼吉尼天は、まるで出口ナオのお筆先のように語りはじめるのだ。

「なんじ、枕を高くして寝ていられるのも今のうちと思え。なんじの罪はふかいぞ。今を去ること三年前、なんじはこの玉に向って、おのが妻を呪ったな。飯綱《いいづな》山《やま》の狐を使嗾して、おのが妻を姦さしめたな。かくて妻が首尾よく狐の子を産むや、なんじは復讐の喜びに燃えて、その子をむごたらしく殺したな。これ、ことごとくなんじの理不尽な嫉妬から出た振舞いであるぞ。」

左少将が夢から覚めた瞬間である。同時に、物語はおおきな捻じれを生じる。左少将は、過ぎ去った時間をもう一度生きようとするかのような、不可解な、一種の既視感におそわれる。過去がゆがみ、記憶が掏りかえられ、掏りかえられた記憶によって未来が支配されるこの物語の秘密が、こうして一挙に曝露されるのであった。

（たかおか たかし＝エディター＆ライター）

【著者プロフィール】

澁澤龍彦

しぶさわ たつひこ

1928(昭和3)年、東京生まれ。東京大学文学部仏文科卒業。

サドをはじめとするヨーロッパ暗黒・異端文学研究の第一人者。

政治の季節といわれた60年代に、『神聖受胎』『毒薬の手帖』『夢の宇宙誌』などの著作で、
文学・芸術の視点から脱マルクス的思想を送り出し、文壇の左翼的土壌に激震を起こす。

59年に翻訳したサドの『悪徳の栄え』が猥褻書とされ発禁処分(60年)となる。

当時の作家・文化人を巻きこむ「サド裁判」が起きるが、
69年、最高裁で有罪判決が確定する。

その後もシュルレアリズム、オカルティズム、エロティシズムなどに関するエッセイや、
西欧古代・中世を中心にした斬新な美術・文学評論をつぎつぎと発表、
三島由紀夫など同時代の作家に強烈な刺戟と影響をあたえた。

80年代以降は日本の古典によった独自の幻想文学世界を確立、

『唐草物語』(泉鏡花文学賞)、『うつろ舟』、『高丘親王航海記』(読売文学賞)などの傑作を生む。

1987年、咽頭ガンで急逝。

手術後の病室での体験譚『都心ノ病院ニテ幻覚ヲ見タルコト』が遺作となった。

小社での著作に『フローラ逍遙』(平凡社ライブラリー)がある。

平凡社ライブラリー　759
ホラー・ドラコニア　少女小説集成
狐媚記《こびき》

発行日…………2012年3月9日　初版第1刷

著者……………澁澤龍彦
画………………鴻池朋子
責任編集………高丘 卓
発行者…………石川順一
発行所…………株式会社平凡社
〒112-0001　東京都文京区白山2-29-4
電話　東京(03)3818-0742［編集］
東京(03)3818-0874［営業］
振替　00180-0-29639

印刷……………株式会社東京印書館
製本……………大口製本印刷株式会社
装幀……………鈴木成一デザイン室＋中垣信夫

ISBN978-4-582-76759-9
NDC 分類番号913
B6変型判（16.0cm）　総ページ152

平凡社ホームページ　http://www.heibonsha.co.jp/

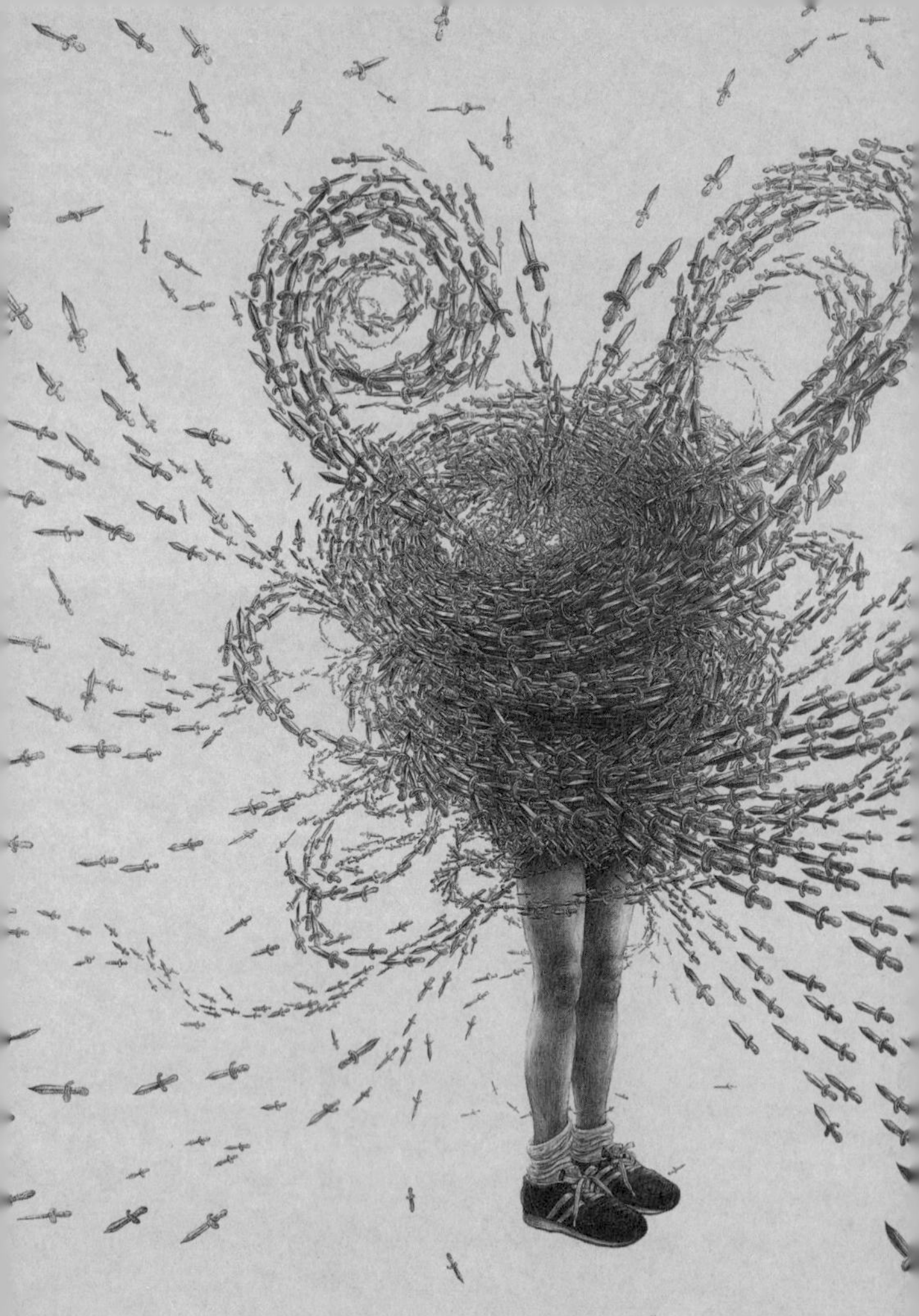